AF194227

Lieb mich, allein kann ich es nicht

Mia Müller

Lieb mich, allein kann ich es nicht

Autobiografischer Roman

Bibliografische Information der Deutschen Nationalbibliothek: Die Deutsche Nationalbibliothek verzeichnet diese Publikation in der Deutschen Nationalbibliografie; detaillierte bibliografische Daten sind im Internet über http://dnb.dnb.de abrufbar.

Herstellung und Verlag:

BoD – Books on Demand, Norderstedt

ISBN: 978-3-7543-0818-9

Komm, ich geb dir Zeit. Ohne mich.

Geb dir Nähe. An einem Ort, den du nicht kennst.

Geb dir Einsamkeit, die dir Flügel verleiht.

Die beschnitten bleiben.

Damit du niemals fliegen kannst.

Nur ein bisschen. Irgendwann.

Wenn du mich brauchst, ich bin da.

Kannst die Fesseln nicht sehen, die mich halten.

Aber ich kann auch nicht ohne dich.

Ich kann ohne dich, doch aus Schwarz wird Grau.

Fesseln hab ich genug. Deine brauch ich nicht.

Ich wäre da für dich. Mit mir.

Es nicht zu sein bricht dein Irgendwann in eine Unendlichkeit, die ewig schreit.

Die Angst vor dem Fall. Vor meinem eigenen Netz.

Das mich hält.

Aus einem einsam ein gemeinsam schafft.

Ein Kreis, der sich schließt.

Von Ewigkeit zu Freiheit.

Von dir zu mir.

PROLOG

„Und wenn ich dich mal wieder gern bezahlen würde?",
fragte er.

„Weil es mich..."

FRÜHLINGSGEFÜHLE

Der Tag im April ist ein überaus schöner, sonniger Frühlingstag, an dem die Straßen und Cafés voller geschäftiger Menschen sind, die den Sommer herbeisehnen. Heute sollen wir uns endlich treffen. Eigentlich waren wir vor ein paar Wochen bereits schon einmal verabredet, aber ich hatte aus irgendwelchen unwichtigen Gründen meines launenhaften Alltags, wie beispielsweise der Angst vor Menschen und dem, was vor mir liegen wird, abgesagt. Nun ein erneuter Versuch. Ich sitze mit schwarzem Rock und Shirt sowie schwarzen, halterlosen Strümpfen – die hatte er sich gewünscht - auf einer Bank in der Nähe des Busbahnhofs. Jetzt vibriert das Handy. Er stehe mit seinem Auto um die Ecke ein paar Meter weiter vor dem Schreibwarenladen, schreibt er. Ich stehe begleitet von einem tiefen Atemzug auf und versuchte mir meine Aufregung nicht anmerken zu lassen. Vor dem ersten Treffen bin ich immer aufgeregt. Ich weiß, dass wenn ich erst einmal im Auto sitze, wird eine vorerst scheue Welle der Erleichterung meinen Körper durchströmen. Die beruhigende Stimme in meinem Kopf redet unaufhörlich auf mich ein, aber eine große Hilfe ist sie letztendlich nicht. Die Schritte dorthin sind immer eine kleine Überwindung. Da an diesem Tag die Sonne nur so vom Himmel knallt, setze ich meine Sonnenbrille auf. Jetzt fühle ich mich ein wenig sicherer Ich habe heute extra meine Haare mit dem Glätteisen bearbeitet und sie in eine vorzeigbare Form gezwungen, denn schließlich will ich einen guten Eindruck machen. Und nebenbei auch mir selbst gefallen. Als ich auf die Stelle zulaufe, die er beschrieben hatte, atme ich noch einmal tief durch und versuche meinen Gang nicht gehetzt wirken zu lassen. Ich habe das Gefühl alle würden mich mit meinen hochhackigen Schuhen und dem kurzen Rock anstarren. Ich fühle mich unwohl und unangenehm beobachtet, sollte das auch nur meine eigene verzerrte Wahrnehmung und illusorische Einbildung sein. Als ich um die Ecke biege, erkenne ich ihn sofort. Er steht vielleicht zehn Meter entfernt neben einem großen, schwarzen Audi. Er trägt eine schwarze Anzughose und dazu ein weißes Poloshirt, das im starken Kontrast zu seiner gebräunten Haut steht. Mein erster Eindruck: Ein selbstbewusster, gutaussehender Geschäftsmann, der höchst wahrscheinlich viel Wert auf

Oberflächlichkeiten und Statussymbole legt. Ein teures Auto, eine ansehnliche Position im Beruf, feine Kleidung und eine schöne Frau an der Seite. Sofort zwingt sich mir ein Bild seiner Wohnung in den Kopf. Weite, freie Flächen ohne viel Schnickschnack, Räume in Grau, Weiß und Schwarz . Er trägt auch eine Sonnenbrille und telefoniert. Als ich auf ihn zugehe, beendet er das Gespräch, legt auf und begrüßt mich. Etwas unsicher geben wir uns die Hand, ich lache schüchtern. Die Sonnenbrille wird er während des gesamten Treffens kein einziges Mal absetzen. Später werde ich mich manchmal fragen, ob aus Unsicherheit oder einfach aus einem Unbewusstsein gegenüber der Tatsache, dass diese Geste manchen Menschen als Unhöflichkeit negativ aufstoßen würde. Wir steigen in sein Auto ein und fahren los. Raus aus der Stadt. Er hatte mir schon während des vorangegangenen SMS-Kontakts versichert er wüsste einen geeigneten Ort im Wald, der sich am nördlichen Ende der Stadt, direkt an diese anschließen würde. Der erste Gedanke, der mir in dem Moment, in dem ich um die Ecke bog, durch den Kopf schoss und ihn das erste Mal sah, war: „Oh nein. Er sieht gut aus." Der fremde Mann hat eine tiefe, ruhige und überaus angenehme

Stimme und scheint eine lockere Art zu haben, denn er spricht während der Fahrt ganz ungezwungen und offen mit mir. Als hätte er mich mit der ersten Berührung unseres Handschlags in seine Welt gezogen, leitet er uns mit seinem Charme durch die nächste Stunde, das Steuer stets in seinen Händen. Ich entspanne mich und lasse mich auf das Gespräch ein. In dem Augenblick war mir noch nicht klar, dass ich mich in das geballte, intensive Leben, das seine ganze Person durchfließt, verlieben würde. Mir war nicht klar, dass ich mit ihm einen Weg betrat, auf dem ich mich für immer verändern sollte. Dass mit ihm die Liebe in mein Leben trat, die ich mir immer wünschte und nach der ich mich mein ganzes Leben gesehnt hatte. Dass die Hoffnung auf Liebe, die mich Jahre zuvor davor bewahrt hatte mir mein Leben zu nehmen, sich nun manifestieren sollte. Diese Liebe sollte mein Herz so sehr verletzen, dass selbst heute noch ein Stück fehlt, welches er damals mit sich nahm und mir niemals wieder aushändigte. Ich wusste nicht, dass er mir einen Tod bringen würde, den ich nicht vergessen kann. Schuld und Leid. Ich wusste nicht, dass ich vor lauter Angst vor dem Glücklichsein ihn für immer von mir stoßen würde. Ich wusste nicht, dass seine

Lebendigkeit mich aus meiner Betäubung reißen würde. Dass dies Schmerzen mit sich bringt, hätte mir klar sein müssen.

Ich steige in sein Auto ein. Mein Herz pocht immer noch. Ich fühle mich minderwertig, so wie der dickliche, unscheinbare Manager mit dem Klemmbrett zwischen den Händen und der biederen Brille auf der unförmigen Nase neben seinem strahlenden Star mit dem perfekten Körper, dem perfekten Gesicht und dem perfekten Lächeln darin. Ich gebe wie immer mein bestes, versuche mir meine Unsicherheit nicht anmerken zu lassen. Später wird er einmal lautstark ausatmen, lächeln und mir sagen ich sei immer so cool. Kalt wohl. Oder professionell. Er riecht gut, ich mag das Parfum, aber der Geruch darunter ist unschlagbar. Der Duft - sein Duft - der an allem haftet, das ihn umgibt. An seinem Auto, seiner Wohnung und meinen Haaren nach einer Nacht. Diesen Duft nehme ich liebend gerne nach Hause, trage meine Haare zuhause viel häufiger offen als ich es für gewöhnlich tue. Das ist auch der Duft, der tief in die Fasern des T-Shirts gekrochen sein soll, welches ich mir so oft herbeisehne. Sein Shirt, zu groß für mich, aber ich will es trotzdem haben. Am Abend zum Schlafen hineinschlüpfen und es am Morgen nicht mehr hergeben wollen. Das T-Shirt meines Freundes - wie im Film. Wahlweise würde ich mich wohl auch mit seiner Sweatjacke oder einem Pullover zufriedengegeben. Wir fahren los.

„Machst du das öfter?", frage ich. Mein Standardspruch beim ersten Treffen, um die Stimmung aufzulockern.

„Eigentlich nicht", lautet seine Antwort.

Was dahintersteckt habe ich nie erfahren. Nein, ich mache das nicht öfter, aber ich möchte mir die Unsicherheit des ersten Mals nicht auf die Stirn schreiben lassen? Oder Ja, aber ich möchte nicht zugeben, dass ich ein Draufgänger bin, der durch die Betten der Welt hüpft und es gut findet, dafür zu bezahlen? Ja was denn nun? Oder doch irgendetwas dazwischen? Graustufen und schmale Grate sind zahlreich im Leben. Vielleicht auch allumfassend. Ein Schritt zu weit nach links und ich stürze in die Schlucht, in der Dinge auf mich lauern, die mir nichts als Schaden zufügen. Schwarz und Weiß sind wunderschön und können gleichzeitig so schrecklich sein. Will ich ein Leben in Grau?

„Und du?", gibt er zurück.

„Ja also, manchmal eben, um mir eben was dazuzuverdienen. So kann ich das Angenehme mit dem Nützlichen verbinden."

Auch ein Standardspruch. Völliger Blödsinn und selten habe ich so gelogen, aber für den Moment gibt es kaum etwas Passenderes, das ich von mir hätte geben können.

„Ja klar, das würde ich auch machen, wenn ich eine Frau wäre. Wirklich. Ist doch voll praktisch."

Wirklich, wirklich? Oder lügst du genauso gut wie ich? Das stößt mir auf, irgendetwas in mir ist getroffen. Wir gleiten hinaus aus der Stadt, dem Stadtkern den Rücken kehrend, auf sein Plätzchen im Wald zu, das er ausfindig machte. Er erzählt was er so macht, ich erzähle was ich so mache.

„Selbstständig seit vier Jahren, wollte immer schon mein eigener Chef sein, weißt du. Hab ne Firma, wir verkaufen Bürobedarf, machen Kundendienst. Mein Einsatzgebiet reicht 200 Kilometer in alle Himmelsrichtungen, wir decken quasi den ganzen Raum hier ab. Ziemlich viel Stress, manche Kunden sind zum Kotzen, aber es macht Spaß."

„Hm", dagegen ist mein Lebenslauf nicht gerade sehr vorzeigbar. „Ich wollte eigentlich mein Abitur nachholen, aber ich kam mit dem BWL überhaupt nicht klar. Und mein Mathe ist auch im Keller. Deswegen habe ich gerade Leerlauf, weiß noch nicht, was ich ab Oktober machen möchte."

„Ja, verstehe ich, Betriebswirtschaft hats schon in sich", entgegnet er selbstbewusst, „aber, wenn man den Dreh erst einmal raushat, ist das gar nicht so schwierig. Wenn du dabei Hilfe brauchst, du hast ja meine Nummer."

Danke, aber hat sich erledigt.

„Oh man, ich hatte echt Sorgen muss ich sagen." Er lacht. „Man weiß ja nie, an wen man da gerät. Ich meine man kann ja sonst was schreiben und am Ende steht ne 40-jährige mit hundert Kilo vor mir. Aber du bist ja echt hübsch. Schöne Augen."

Ich muss lächeln.

„Und was hättest du gemacht, wenn ich die übergewichtige Alte gewesen wäre?"

Seine Finger tippen am Lenkrad auf und ab und er grinst.

„Du, ich wäre plötzlich ganz beschäftigt gewesen und hätte dich niemals gekannt."

Um uns herum wird es jetzt schön grüner, aber noch nicht grün genug. Er sieht sich um, ich würde gerne seine Augen sehen, so sonnig ist es heute doch eigentlich gar nicht. Die Sonnenbrille macht aus seinen Augen ein Geheimnis, das bis zum Schluss eines bleiben wird. Er wird sie selbst dann nicht abnehmen, wenn er sich zu mir neigt, sein Mund auf meinem Mund. Auch dann nicht, wenn er mich an den Schultern fasst und nach unten drückt, wo mich zertretene Blätter auf weicher Erde begrüßen, die genauso kaputt sind wie ich. Blätter, von denen ich nicht weiß, ob sie meine Last tragen können, ob sie mich für das, was ich bin, verurteilen oder ob sie schon zu lange hier liegen, jeglicher Empfindungen beraubt.

„Scheiße ey, jetzt hab ich mich verfahren", wieder lacht er, „dass mir das ausgerechnet heute passiert. Naja, ich war schon lange nicht mehr hier, hab die falsche Ausfahrt genommen. Tut mir echt leid, aber dafür kriegst du heute zwanzig extra, Fahrgeld quasi."

Das freut mich. Wenn es nach mir ginge, kann er sich ruhig noch mehr verfahren. Ich will gar nicht erst ankommen, immer weiter will ich mit ihm fahren, denn ich fühle mich so wohl wie selten zuvor. Ich will weiterfahren, mir ist egal was er sagt, mir ist egal was für ein Gespräch er mir aufdrückt. Hauptsache ich kann weiter seine Stimme hören, denn seine Stimme ist wunderschön. So tief und ruhig. Wenn ich sie höre, liege ich an einem von starken Felsen umgebenen, glasklaren Bergsee, auf den die warme Spätsommersonne hinabstrahlt. Die bunten Blätter der herbstlich gefärbten Bäume und Sträucher ringsherum verzaubern das Wasser in einen See aus warmen Gold. Oder ich liege in einem wohl behüteten Bett, dessen Weichheit einer Königin würdig ist, und er sitzt neben mir und liest mir eine Geschichte vor. Ich will ewig hier liegen, unsterblich, seine Stimme immer neben mir. Aber wir kommen an. Irgendwann. Alles geht ganz schnell, da ist mein Portemonnaie schon um zwei Schein reicher. Er scheint auch zufrieden mit mir, wir steigen wieder ein, fahren zurück.

„Hast du einen Freund?", fragt er mich ungezwungen.

„Nein", ich lache kurz, „sonst würde ich das ja nicht machen." Er sieht kurz zu mir rüber, schon befremdlich in seinem Gesicht nur zwei verspiegelten, schwarzen Gläsern entgegenzusehen. Wer bist du wohl?

„Ja, klar, versteh ich. Ich habe auch noch nie jemanden betrogen, weißt du? Ich meine ich bin auch nicht der Typ, der Beziehungen führt nur um nicht alleine zu sein. Wenn dann richtig. Ganz oder gar nicht eben. Aber heutzutage ist das gar nicht so selbstverständlich", mit seinen Händen drückt er sich gegen das Steuer in den Sitz, streckt seinen Rücken durch und lockert seine Schultern. "Ich kenne so viele in meinem Bekanntenkreis, die zweigleisig fahren... Ich kenne viele Frauen, die vergeben sind, und nicht aufhören mir Avancen zu machen. Ey, da denke ich mir auch meinen Teil."

Wirklich? Ist das wahr? Kann das wahr sein? Ich horche auf, mein Herz ist getroffen und der Teil in mir, den ich vor langer Zeit in ein Kästchen sperrte und es tief in mir vergrub, regt sich plötzlich und drängt sich in mein Bewusstsein. Ich lebe in einer Welt, die der Sex regiert, und neben dem kaum mehr Platz für Liebe zu sein scheint. Meine Welt und meine Erinnerungen bestehen aus Menschen, die ihr Leben damit füttern lieblosen Sex zu haben, einander zu betrügen und zu belügen, anderen einen Spiegel vorzuhalten, in den sie lange keinen Blick mehr warfen. Menschen , die sich einander zu sehr verletzen und in ihrer Verletztheit die Wunden noch tiefer in ihre Seelen treiben. Nicht selten erlebe ich diese Dynamiken unter dem Vorwand des Spaßes, ertrunken in Alkohol, ihr überdrehtes Lachen scheint meinen bitteren Ernst und meine eigene bedeutungslose Verletztheit zu verhöhnen. Und dann sitze ich plötzlich mit diesem Mann in einem Auto, der mir genau das erzählt, das ich mich niemals getraut hätte auszusprechen. Schließlich möchte ich mit meinen Ansichten, Wünschen und Bedürfnissen vor allem vor Gleichaltrigen nicht spießig, altbacken und verklemmt wirken. So sehr ich die Welt auch verabscheuen mag, so groß ist auch meine Angst ihr genau diese Abscheu offen und freizügig ins Gesicht zu spucken. Ich hasse dich zwar, aber meine Angst du könntest schlecht von mir denken ist größer. Letztendlich will ich nämlich auch nur geliebt, verehrt und bewundert werden von dir.

Bei seinen Worten an diesem Tag sah der Teil meiner selbst in seiner verborgenen Schatulle wohl seine Chance, horchte auf, reckte mir all seine Fühler entgegen und teilte mir mit, wie wunderschön es doch sei einem Menschen auf diesem Planeten zu begegnen, der haargenau die gleiche Art von Beziehung vorzieht wie ich selbst. Ein Wunder. Seine Worte setzen sich fest, nisten sich ein, fressen sich tief in meine Haut und in meinem Kopf gibt es plötzlich mehr Raum. Es könnten tatsächlich Dinge geschehen, die ich vorher nicht für möglich gehalten hätte. Mein Herz erfährt Zuspruch für das, was es wirklich fühlt und sich vom Leben wünscht. Und während wir uns dem pochenden Herz der Stadt wieder annähern, klopft auch mein Eigenes schlagartig froh und voller Positivität, glücklich über so viel Bestätigung aus dieser fremden Begegnung. Wir kommen an, unsere Verabschiedung ist gekrönt durch einen scheuen Kuss auf den Mund. Ein kurzes Tschüss später, steige aus. Ohne mich noch einmal umzudrehen verschwinde ich in den Straßen, gehe nach Hause, immer noch verwundert über diesen schicksalsträchtigen Wendepunkt, der mir wiederfuhr. Zuhause fällt die Tür hinter mir zu und ein Wolkenbruch fällt über mich herein. Ich fange heftig an zu schluchzen, die Tränen schießen mir nur so aus den Augen. Ein trauriger Strom, der blitzartig und mit geballter Stärke aus meinen Augen herausbricht. Mit der Tür schließe ich auch das Grün aus meiner Welt, der Himmel wird grau und die Sonne scheint ohne Wärme durch das Küchenfenster in mein Gesicht. Mir wird ganz plötzlich kalt. Mitten im Frühling.

MITTSOMMERTRAUM

Danach treffen wir uns regelmäßig. Und noch regelmäßiger. Nach dem Frühling zieht der Sommer ins Land und meine Tage und Wochen versinken in ihrer gewohnten Eintönigkeit. Sie sind jedoch nun ganz unvermutet verwoben mit den seltsam vertrauten Zusammenkünften mit dem unbekannten Mann, der sich bei unserem Treffen zwar ganz lässig als Jörg vorgestellt hatte, der seine darauffolgenden Nachrichten an mich jedoch stets mit einem kurzen, schlichten R. unterschreibt. Rudolf, Robert, Richard, Roland? Ich fange an sämtliche Vornamenregister, die sich im Internet finden lassen, eingängig zu studieren, woraufhin die Knoten in meinem Gehirn jedoch nur noch verworrener werden, als dass sie sich auflösen würden. Ich weiß einfach nicht wie er heißt. Vielleicht ist meine Recherchearbeit letztendlich ganz umsonst und es bleibt beim lässigen Jörg. Aber irgendwie passt das nicht, sagt mir mein Gefühl. Etwa ein Monat später werde ich schließlich von seiner Geheimniskrämerei erlöst und an das schlichte, einfache R sind urplötzlich ein O, ein M, ein

A, und ein N angehängt. Roman. Okay. Klingt auch seltsam. Ich weiß nicht, was ich erwartet hatte, aber vielleicht folgt auf die Endgültigkeit, mit der ein Mensch oder auch ein Ding benannt wird, die Namensgebung, so willkürlich sie auch sein mag, immer erst eine gewisse Zeit des Gewöhnens. Als bräuchte es Zeit den Menschen mit seinem Namen zu verschmelzen, zu einer Einheit werden zu lassen.

Unsere Treffen folgen weiterhin dem gleichen Muster, lediglich das Verfahren mit dem Auto kommt nicht mehr vor. Schade, denn so geht die halbe Stunde, die unser Aufeinandertreffen durchschnittlich in Anspruch nimmt, für meinen Geschmack viel zu schnell vorbei. Aber zugleich lassen sie sich ganz praktisch und unkompliziert in seinen geschäftigen Alltag, in die Geschäftstermine in meiner Stadt, unterbringen. Einmal fragt er an, ob wir heute einmal etwas anderes machen können. Ich liege in meinem Bett, draußen ist es schon lange hell, aber die Jalousien halten die Nacht in meinem kleinen Schlafzimmer. Ein weiterer Tag, an dem die Welt mein Gesicht wohl nicht zu sehen bekommen wird. Mein Herz macht einen Sprung und ich richte mich auf. Wird er mich jetzt fragen? Schon sitzen wir in meinem Kopf in einem Café beieinander, unterhalten uns angeregt, lachen und flirten. Was würde ich wohl anziehen? Was soll ich nur von mir erzählen? Wie soll ich mich verhalten? Ich war in meinem Leben bisher noch auf keinem Date mit einem Jungen. Das ging wie so vieles an mir vorbei. Die Jahre in meinem Zimmer, allein, nur versüßt durch Musik und meine mir so vielbedeutenden Bücher, die selbst mein leeres Leben mit Geschichten und Abenteuern beschreiben. Diese Jahre kann man im Nachhinein nicht mit Freunden und Jugendlieben füllen. Zeit geht vorbei, kommt nicht mehr zurück und wartet auf niemanden. Auf mich wohl erst recht nicht.

„Kannst du es mir heute vielleicht einmal mit der Hand…"

Meine Schultern sacken ab, ich falle zurück auf mein Kissen, mein Herz hat sich wieder beruhigt.

„Ja, klar", schreibe ich zurück und schicke einen zwinkernden Smiley hinterher. Auf was für Gedanken ich komme. Echt blöd. Ich schüttele meinen Kopf und lege mich wieder hin.

Allmählich schleicht er sich in meine Träume. Ich versuche dieser Veränderung nicht allzu viel Bedeutung beizumessen, aber das gelingt mir nicht wirklich. Parallel dazu entwickeln sich auch unsere Treffen in eine nicht mehr zu ignorierende Richtung. Er macht mir Komplimente, wünsche sich nichts sehnlicher als fünfundzwanzig Jahr jünger zu sein, aber vor allem will er Sex. Diesmal richtig. Und er wünscht sich vorzugsweise hautfarbene Strumpfhosen, um sie genussvoll zu zerreißen. Sein Wunsch ist mir wie immer Befehl und mein Verschleiß an besagten Beinkleidern schraubt sich rasant in die Höhe. Der Umsatz der Wäscheabteilung des Kaufhauses um die Ecke wird dieses Jahr wohl besonders hoch ausfallen. Auch fragt er an, ob ich den Preis für richtigen Verkehr für ihn nicht noch einmal überdenken könne, schließlich sei er zwar ein erfolgreicher Geschäftsmann, aber bei Weitem kein Rockefeller. Schließlich würde er mich doch gerne so viel öfter sehen. Für ihn drücke ich ein Auge zu und komme ihm preislich entgegen, schließlich bin ich überglücklich, wenn wir uns durch die Preissenkung häufiger sehen können und ehrlich gesagt ist mir das Geld an diesem Punkt ziemlich egal. Ich will ihn sehen. So oft wie möglich und es ist sogar so, dass mich zuweilen ein furchtbar schlechtes Gewissen plagt, Roman so viel Geld aus der

Tasche zu ziehen. Ich spiele mit dem Gedanken die Scheine aus seinem Geldbeutel zu einem kleinen Stapel zu bündeln, den ich ihm eines Tages mit einem strahlenden, stolzen Lächeln, alle Schulden begleichend, überreichen kann. Aber dieses Luftschloss wurde tatsächlich nur aus Sauer- und Stickstoff gebaut. Die Baupläne werden wie so oft von meinem Erzfeind, dem Hunger, durchkreuzt und ich komme kaum hinterher das gelbe und grüne Papier zu ersetzen, dessen Sachwert ich die Toilette hinunter in die Kanalisation spüle.

Er will mich also ganz spüren, wie er es nennt. Ich weiß nicht, ob ich das möchte, aber das ist nicht so wichtig, schließlich gibt es da ein weitaus dringlicheres Problem, das mir auf den Magen schlägt. Es sei ihm furchtbar peinlich und unangenehm, aber er könne keine Kondome benutzen. Davon bekäme er keinen hoch. Ich war in meinem Leben noch bei keinem einzigen Frauenarzt. Nicht weil ich Angst davor habe, vielmehr sehe ich, wenn ich nur an das Wort denke, das griesgrämig verzogene Gesicht meiner Mutter und den Spott in ihren Augen, der sich dann in ihre Miene schleicht, wenn das Thema Sexualität an den Randbereich unserer Familie drängt. Ich sehe ihren pikierten Blick und die empörten

Bemerkungen über die Freundin, deren Freund bei ihr im Zimmer übernachtet. Und über die Cousine, die mit 16 Jahren ihre Unschuld an ihre erste große Liebe verlor. Und ich denke an meine Scham angesichts dessen, dass ich mich damals so vehement weigerte, mich gegen Gebärmutterhalskrebs impfen zu lassen. Das Loch im Boden, in das ich mich am liebsten immer dann geflüchtet hätte, wenn das Thema der Impfung bei den Kaffeekränzchen bei Opa aufkam und somit jedem anwesenden Verwandten durch die Blume suggeriert wurde, dass ich wohl noch Jungfrau bin. Nicht so wie meine Cousine. Aber diesen Makel habe ich schließlich aus meinem Leben radiert und das Loch im Boden wurde durch Reue gefüllt, die tiefer geht als das Erröten und die schier endlose Peinlichkeit, die ich damals in mir wahrnahm. Will ich deswegen so gerne eine lange, wallende Mähne? Will ich deswegen meine Haare so lang wachsen lassen, weil ich weiß, wenn der Krebs mich erst einmal einholt, fallen sie mir alle aus? Hänge ich deswegen so an der totgefärbten Pracht auf meinem Kopf? Im Auge der Endlichkeit wird die eigene Abhängigkeit wohl besonders gut ausgeleuchtet. Als würde der Lichttechniker die zahlreichen Lämpchen,

Scheinwerfer und andere Leuchten ganz absichtlich auf die Requisiten der Bühne lenken, denen sonst lediglich eine minderwertige Rolle zukommt. Nach der fünften Packung Haarbleiche, die meine Haare den Kampf gegen die jahrelangen Optimierungsmaßnahmen aufgeben ließen, kapituliere ich kurzerhand mit einem Rückzug. Zu dem Ausgangspunkt – das tiefste Schwarz, das die Drogerie zu bieten hat – zurückzukehren. Ich setze dem Ganzen die Krone auf und meine Bemühungen finden ihren vorläufigen Höhepunkt. Eine Haarverlängerung muss her, denke ich. Gesagt, getan. Anfangs fühlt es sich seltsam an, aber ich fühle mich besser, schöner. Jetzt kann ich Roman auch wieder mit gutem Gewissen unter die Augen treten. Neue Haare, neuer Schwung. Aber sein Wunsch nach richtigem Sex ändert nichts an dem Entschluss wegen ihm nicht zum Frauenarzt zu gehen und mir eine Pille verschreiben zu lassen. Das geht einfach nicht. Letztendlich ist das seinem Wortlaut nach aber auch nicht weiter schlimm, schließlich könne ich von ihm keinesfalls schwanger werden. Das versichert er mir. Er sei nicht stolz darauf, aber das sei so sicher wie das Amen in der Kirche. Er habe Tests durchführen lassen... Ich will das trotzdem nicht. Ich habe Angst davor, aber sagen kann ich das nicht. Am Ende geht alles ganz schnell. Mein Gehirn braucht anscheinend nahezu Ewigkeiten die Gefühle, die ihm aus meinem Körper gesendet werden, zu verarbeiten. Meine Sprachfunktion scheint außer Gefecht gesetzt. Nichts geht mehr. Ich kenne diese Situationen, die Normalität macht es erträglicher. Diesmal drückt er mich nicht dem Boden entgegen. Es geht so schnell, zu schnell, da ist er in mir. In dem Moment denke ich nicht. Ich funktioniere, tue das, was ich denke, was von mir erwartet wird. Denken kann ich immer erst im Nachhinein und im Nachhinein erscheint alles kaum mehr so wild. Kaum mehr so schlimm, wie ich dachte, dass es sich anfühlte. Im Nachhinein bin ich dankbar für sein Beisein, dankbar für die Hand, die mir danach zärtlich über die Wange streichelt. Alles ist gut. Bis auf die Tränen, die mich zuhause wie alte Gefährten erwarten. Aber auch sie sind normal und vertraut geworden. Erleichternd stelle ich sogar einen Rückgang in ihrer Intensität und der Länge ihres Ausbruchs fest.

Es ist Mitte Juli. Romans Fantasie scheint keine Grenzen zu kennen, denn heute sind wir in einem Solarium verabredet. Ohne Personal natürlich, stattdessen mit

Münzzahlsystem. Meine Laune ist im Keller, die liebevollen Gedanken an ihn, die sich nun als feste Begleiter meines Alltags etablierten, können die dumpfen Gefühle in mir nicht überdecken. Ich weiß nicht, wie ich mich fühle, aber es ist definitiv kein gutes Gefühl dabei. Reden ist anstrengend, Lächeln eine Qual. Absagen möchte ich das Treffen trotzdem nicht. Vielleicht ist Roman ja das Licht am Ende des dunklen, stickigen Tunnels. Meiner Laune entsprechend fällt auch mein Outfit für den heutigen Tag eher bescheiden aus. Letztendlich fiel meine Wahl auf eine einfache Jeans, ein ebenso einfaches und schlichtes Langarmshirt und bequeme, ausgetragene Chucks. Auf dem schwarzen Einheitslook kommen meine neu erworbenen Haare wahrscheinlich nicht wirklich zur Geltung. Aber nichtsdestotrotz entscheide ich mich dafür sie heute einmal offen zu tragen, egal wie sehr mich die schiere Masse an Haar auch überfordert. Roman scheint ein unerwartetes Gespür für meine Tiefstimmung zu haben.

„Heute sagst du nicht viel", meint er, „naja, man muss ja auch nicht immer reden, wenn man nicht möchte."

Dem stimme ich einsilbig zu. Wir haben Glück und finden etwa fünfzig Meter entfernt auf der gleichen Straßenseite des Solariums einen Parkplatz. Roman drückt mir ein paar Münzen in die Hand, sagt ich solle schon einmal vorgehen. Er komme in circa zehn Minuten nach. Meine Finger schließen sich um die silbernen und goldenen Metallstücke und ich trage sie gemeinsam mit dem Rest meines Körpers die grauen Fassaden der Wohnhäuser entlang vor die Tür des Sonnenstudios. Durch diese hindurch in das Gebäudeinnere. Entgegen der billigen Fassade außen, die trotz der obligatorischen Palme und den Sonnen neben dem Schriftzug *Solero Beach* in mir keine warmen Urlaubsgefühle auslöst, entpuppt sich der Eingangsbereich Gott sei Dank als relativ schlicht, seriös und vor allem sauber. Meine Haut wurde bisher von keiner künstlichen Sonne gebräunt, vielmehr strebe ich die Erhaltung meiner vornehmen Blässe an. Somit ist es wohl kaum verwunderlich, dass ich das System mit der Maschine, in die ich willkürlich Geld hineinschmeiße, und den Kabinen nicht verstehe. Wie zur Hölle funktioniert das hier? Ich werde nervös. Was ist, wenn jemand kommt? Eine Kabine scheint belegt zu sein. Bitte lasse niemanden jetzt hier aufkreuzen, denke ich. Letzten

Endes leuchtet die gewünschte Kabine doch auf. Erleichtert gehe ich hinein, schließe leise die Tür hinter mir und nach kurzer Zeit steht auch schon Roman wieder auf der Matte. Ein kurzes Klopfen, ich lasse ihn hinein. Wir fangen an uns zu küssen. Seine Hände fahren meine Handgelenke entlang zu den Ellenbogen. Alles in mir verspannt, mein Kopf dreht sich und mein Körper fühlt sich an als würde er gleich auf dem Boden zusammensacken. Ich drücke mich sanft weg von seiner Brust.

„Mir ist gerade so schwindlig..."

Daraufhin setzte ich mich auf den kargen Holzstuhl, der ein einsames Dasein in der Ecke der wenigen Quadratmeter fristet und normalerweise wohl eher die Kleidung der Sonnenanbeter trägt. Ich stütze mich mit den Armen auf den Oberschenkeln ab, mein Kopf fällt schwer auf die Brust. Was ist nur los mit mir? „Ritzt du dich?"

Schockiert stelle ich fest, dass mein Shirt die roten Spuren auf meinen Armen entblößt. Mit runden, hängenden Schultern sitze ich nun da, nicke scheu und zucke kurz mit den Schultern. Dann setzt sich Roman auf den Rand der immer noch in zu hellem Blau leuchtenden Sonnenbank, beinahe berühren sich unsere Knie. Er hält meine Hand in seiner. In seiner Hand schaut meine Finger irgendwie seltsam schön aus, denke ich. So klein. Verletzlich und zugleich furchtbar geborgen. Ich schaue ihn an. Dort sehe ich nichts und alles zugleich. Ich dachte immer mein zukünftiger Mann würde dunkle, braune Augen in seinen Höhlen tragen, aber seine strahlend blauen Augen sind auch wunderschön.

„Geht es dir wieder besser?"

Ja, das tut es tatsächlich.

„Komm, ich fahr dich wieder zurück."

Ohne ein weiteres Wort stehen wir auf, verlassen die falsche Wärme, laufen diesmal gemeinsam nebeneinander her zurück zum Parkplatz. Ich fühle mich plötzlich leichter. In seinen Augen lag kein Ekel und auch von verächtlicher Abneigung konnte ich keine Spur entdecken. Heißt das wir können uns trotz meiner scheußlichen Arme wiedersehen?

„Und warum machst du das?", holt er mich aus meinen Gedanken zurück.

„Weiß nicht", gebe ich zurück.

„Ist dir langweilig, oder was?"

„Ja, klar", ich lache freudlos.

„Naja, ich habe eine sehr gute Freundin, Anna, die macht das auch. Aber sie schneidet sich wirklich tief, nicht so wie du. Sie hat auch richtige Probleme."

Darauf sage ich nichts. Ich will nur nach Hause, allein sein. Zuhause kommen keine Tränen, diese darf ich erst nach einem neuen Schnitt in meine Haut begrüßen. Diesmal tiefer, richtiger. Mein Leben liegt in blutverschmierten Scherben vor mir. Werde ich denn jemals in der Lage sein die Scherben wieder aneinanderzufügen, die Kanten zu glätten und das neue, gute Stück vielleicht sogar mit frischer Farbe zu bemalen? Ich kann das nicht. Ich fühle mich so hilflos. In meinem Leben gibt es und gab es bisher keine Freunde, ich bin so oft alleine, dass mir jeder Zustand, der nicht in Einsamkeit gerahmt ist, seltsam fremd wie aus einem Theaterstück erscheint. Alles, wofür ich jemals Freude empfand, habe ich gegen das Essen bis zur Besinnungslosigkeit und der Sucht nach dem schnellen

Geld durch schnellen Sex mit Männern getauscht, an deren Gesichter ich mich nicht mehr erinnere. Manchmal frage ich mich, weshalb ich mich überhaupt noch am Leben lasse. Und da taucht plötzlich dieser Mensch in mein Leben ein und ich möchte so gerne geliebt werden. Von ihm. Ich würde so viel dafür geben einmal eine richtige Liebesbeziehung mit jemandem zu führen. Das ist mein größter Traum, mein innigster Wunsch, nach dessen Erfüllung ich selig und zufrieden sterben darf. Wieder blicke ich auf mein Leben, wie es jetzt ist, und meine Welt bricht über mir zusammen mit der Erkenntnis, dass ich so niemals auch nur ein winziges Bisschen in der Lage sein werde mit Roman auch nur ansatzweise eine reale, wahrhaftige Beziehung einzugehen. Diese Grausamkeit trifft mich wie ein Schlag und in meiner Ausweglosigkeit greife ich zu meinem Telefonhörer. Ich wähle die Nummer meiner Schwester. Nach einem kurzen, oberflächlichen Geplänkel bricht plötzlich alles aus mir hervor, was die letzten Jahre zurückgehalten wurde. Noch nie zuvor habe ich bei irgendeinem Menschen auch nur ein Wort darüber verloren, wie es mir wirklich geht. Auf all die Jahre der höchsten Schauspielkunst, auf all die lächelnden

Gesichter und die lustigen Geschichten aus der Schule, nachdem im Bus nach Hause die Tränen kullerten, auf all die flehenden Gefühlsausbrüche meiner Mutter, die hämmernden Fäuste gegen meine Zimmertür, die heimlich durch meinen Türschlitz geschobenen Briefe des Familienpsychologen, auf all das Leiden und die Traurigkeit folgten bis zu diesem Moment lediglich scheinbare Gleichgültigkeit meinerseits. Und tatsächlich schienen sich meine Gefühle in Momenten höchster Anspannung an einen Ort zu verabschieden, den mein Körper nicht mehr erreichen konnte. Wie ein riesengroßer, tiefer See, der jeden Winter ein Stückchen mehr gefriert. Zoll um Zoll, bis auch die schwächste Stelle, die Mitte des Gewässers, aus einer dicken gepanzerten Eisschicht besteht. Jetzt gibt es dort einen kleinen Riss, der von einem grässlich kalten, klirrenden Geräusch begleitet, sich in das dichte Eis bahnt. Jahre später werde ich nach allem, was mir Roman auch für Verletzungen angetan haben wird, trotzdem dankbar sein. Denn ohne ihn, ohne meinen elementaren Wunsch nach seiner Liebe, hätte ich an diesem Tag meine Schwester möglicherweise niemals angerufen, um ihr zu beichten, dass es mir nicht gut geht. Vielleicht wäre ich gar nicht mehr hier und das Band zu meiner Seelenverwandten niemals erblüht. Wir telefonieren stundenlang. Wir brechen beide in Tränen aus, die nicht versiegen wollen und am Ende beschließen wir, dass ich eine Therapie anfangen werde. Ich weiß nicht, woher ich den Mut nehme, aber am nächsten Tag tippen meine Finger tatsächlich die Nummer einer Hausärztin in die Tasten. Ich brauche sowieso ein Gesundheitszeugnis für meine neue Ausbildung, die ich im kommenden Herbst beginnen möchte. Ich bekomme zügig einen Termin, vielleicht kann sie mir weiterhelfen.

Als ich die Praxis der Hausärztin verlasse, breche ich in Tränen aus und rufe meine Schwester an, um mir Trost abzuholen. Das Gesundheitszeugnis habe ich nicht bekommen. Dafür wurde ich lautstark angegangen und aus der Praxis geworfen. Als die Ärztin beim Blutdruckmessen meine Narben zu Gesicht bekam, ist sie verbal eskaliert. Hat mir wütend vorgeworfen ich würde sie um ein Attest betrügen, das ich wohl nicht verdiene. Ich bin immer noch sprachlos. Meine Schwester schenkt mir jedoch neuen Mut mich davon nicht unterkriegen zu lassen. Ich werde weiter nach einer Hausärztin suchen. Drei weitere Versuche später lande ich schlussendlich bei Frau Iris. Der Name sagt eigentlich schon alles, aber sie ist wahrlich eine Blume, gewachsen aus mütterlicher Wärme. In ihren Augen liegt keine Verurteilung, nur umfassendes Verständnis. Sie spinnt um mich ein kümmerndes Netz aus Behaglichkeit. Hier kann ich Dinge verraten, die niemand weiß. Sie stellt für mich eine erste Diagnose und legt die Weichen für weitere Untersuchungen bei weiteren Ärzten. Borderline-Syndrom. Sagt mir nichts. Lediglich im Zusammenhang mit Amy Winehouse habe ich diesen Begriff bereits einmal gehört. Aber ich weiß nicht was er bedeutet. Kaum zu Hause angekommen, fahre ich meinen Laptop hoch und tippe das Wort in Google ein. Mir fallen Schuppen von den Augen. Das, was dort geschrieben steht, das bin ich. Zum ersten Mal in meinem Leben kommt mir der Gedanke, dass meine Art und Weise die Welt und mein eigenes Leben zu betrachten, nicht gesund ist. Interesse schlägt in Faszination um und ich verschlinge sämtliche Informationen, das das Internet über mich für mich bereitstellt. Ich kaufe mir Bücher und bin vor allem erleichtert, dass ich mich selbst ein bisschen besser verstehen kann. Vielleicht kann ich jetzt wirklich gesund werden. Vielleicht kann ich wirlich gesund werden.

„Hast du Lust mal zu mir zu kommen?"

Was?

„Ja, du kannst ja mal zu mir, ich hole dich ab, wir fahren zu mir, wir können ja etwas kochen oder uns was zu Essen bestellen. Und ich sag dir, das biete ich nicht jedem an, normalerweise ist meine Wohnung eine Frauen-freie-Zone", er lacht und fügt schnell hinzu, „aber natürlich nur, wenn du das möchtest. Ich will dich ja auch nicht zu irgendetwas zwingen."

Mein Blick gleitet von seinem Arm, der mir am nächsten ist und dem chinesischen Zeichen für Pferd, das unter seinem kurzen Ärmel hervorlugt, zurück auf die Hände in meinem Schoß. Auf meine Finger, die sich einen lautlosen Kampf im Zerdrücken ihrergleichen liefern.

Scheu gebe ich zurück: „Ich weiß noch nicht."

Er lacht, sieht kurz zu mir rüber und meint: „Ich kann mich wohl glücklich schätzen. Immerhin keines deiner berühmten Neins. Du kannst es dir ja mal überlegen."

Das werde ich tatsächlich. Stundenlang. Tagelang. Seine Einladung und seine Worte schwirren wie ein Damoklesschwert über meinem Kopf und begleiten mich bis in den ruhelosen Schlaf. Ich kann das einfach nicht. Kann man an Aufregung sterben? Meine Angst kämpft unerbittlich gegen das Glück an, das seine Zeit gekommen sieht. Wie der anfangs schwächliche Held im Film plötzlich das Schwert am Boden ergreift und zum finalen Gegenschlag ausholt. Vier Tage später, gegen fünf Uhr dreißig am Morgen, greife ich schließlich zu meinem Handy auf dem Boden neben meinem Bett und schicke Roman ein scheues, aus heiterem Himmel gefallenes „Okay."

Stocksteif liege ich nun da, meine Finger trommeln auf meinen Brustkorb. Nicht gerade beruhigend für mein zügig pochendes Herz darunter. Nach wenigen Minuten nur werde ich durch ein leises Vibrieren erlöst. Wie ein Wahnsinniger greife ich ruckartig sofort nach dem Handy und presse auf den An-Knopf.

„Lach, da ist aber jemand früh auf den Beinen. Was ist ok?"

Ich rolle mit den Augen, das ist doch offensichtlich. „Das, was du letztens vorgeschlagen hast... Dass ich zu dir komme..." „Ernsthaft? Ohje, das wäre ja...", prompt erscheint ein zweiter Text auf dem Bildschirm, „traumhaft."

Ich bin überglücklich, ein ebenso übergroßes Lächeln macht sich in meinem Gesicht breit und ich schreibe zurück: „Wann hast du denn mal Zeit?"

„Freitag. Wie wäre das?"

„Perfekt."

„Ok."

Ein dicker lachender Smiley hinterher. Heute ist Mittwoch, noch zwei Tage. Das ist zwar eine kleine Ewigkeit, aber Vorfreude ist ja bekanntlich die schönste Freude, rede ich mir ein und drehe mich selig auf die Seite. Jetzt kann ich endlich wieder gut schlafen.

Am Freitagmorgen wache ich in Angstschweiß gebadet auf. Als würde heute Abend statt der ersehnten Nacht bei Roman viel eher der Gang zum höchsten Richter des obersten Gerichtshofs in meinem Terminkalender geschrieben stehen. Ich bekomme nichts herunter, aber das kommt mir ganz gelegen. Denn wenn wir heute Abend kochen, dann möchte ich vorher keine Nahrung zu mir nehmen. So kann ich zwei Fliegen mit einer Klappe schlagen. Mein Bauch wird flach sein und ich werde mich beim Essen nicht zügeln müssen. Guter Plan.

„Was willst du denn frühstücken?" Sein Name auf meinem Display. Ich muss lächeln und schreibe zurück, dass ich kein Frühstück brauche. Meine Antwort lässt er nicht gelten.

„Wie wäre es mit Obstsalat?"

„Klingt gut", meine ich.

„Gut, dann gehe ich heute nochmal Einkaufen. Bis heute Abend dann. Ich freu mich. Achja, würde dir etwas ausmachen mit dem Zug zu fahren, ich schaffe das heute sonst nicht. Ich übernehme natürlich die Fahrtkosten, keine Sorge." Zuerst sackt mein Herz kurz etwas ab, aber es richtet sich kurzerhand wieder auf.

„Ja, klar, kein Problem." Auch ich freue mich, meine Freude reiht sich neben die Angst und trägt mich zum Bahnhof, in den Zug zu ihm. Wann war ich das letzte Mal bei jemandem zu Hause, der nicht zum engsten Familienkreis gehört? Ich kann mich kaum erinnern. Es ist Jahre her. Meine Gedanken wandern zurück zu den wenigen Treffen bei den wenigen sogenannten Freunden aus meiner Schulzeit. Die Treffen, die irgendwann komplett versiegten. Ich wollte immer nur mehr nach Hause, als bürge meine größte Fähigkeit, die der Anpassung, so ausgeklügelt sie auch sein möge, lediglich eine sehr kurze Zeitspanne der Aufrechterhaltung. Ich konnte nie sagen, was ich möchte, was ich gut finde, was ich mag, was ich unternehmen will. Als gäbe es kein Ich, auf das ich bauen könnte. Da war es schöner allein zu sein. Ich habe mir ein Ziel für heute zurechtgelegt. Ich will lernen mich zu öffnen. Vielleicht werde ich die Bühne nicht verlassen können, die Masken auf meinem Gesicht nicht fallen lassen. Aber vielleicht kann ich schaffen die Regie in meine eigene Hand zu nehmen, das Stück meinen Wünschen entsprechend zu ändern und einen eigenen Anteil meiner Selbst in die Rolle legen, die ich spiele. Kurz bevor der Zug auf dem Gleis der Endstation einrollt, blinkt das Display meines Handys erneut auf, Roman meldet sich.

„Hey, macht es dir aus ein Taxi zu meiner Wohnung zu nehmen, das lohnt sich jetzt nicht für mich noch einmal rauszufahren. Meine Adresse ist die Richard-Wagner-Straße 28, sollte so zehn Euro kosten, das geb ich dir dann später alles. Kuss"

Ich bin dankbar schon unterwegs zu sein, so kann ich mich jetzt nicht mehr zu Hause einschließen, meine Wohnung verbarrikadieren und den Kontakt zur Außenwelt vorläufig komplett unterbinden. „Kein Problem. Bis gleich."

Der Zug bleibt stehen. Ich bin die letzte, die sich erhebt und den Wagon verlässt. Meine Augen finden die Bahnhofstoilette, ich krame ein paar Münzen aus meinem Portemonnaie und ziehe mich dort erst einmal zurück, um die Kontrolle über meine Atmung wiederzuerlangen. Dann zögere ich den Moment des Rausgehens damit hinaus, indem ich meine Kleidung von oben bis unten zurechtzupfe, die halterlosen, schwarzen

Strümpfe, meinen Rock, ich glätte fliegende Haare, fahre mir verloren gegangene Strähnen aus meinem Gesicht, lege noch einen weiteren Spritzer meines Lieblingsparfums auf meine Handgelenke und mein Dekolleté. Dann hat das Trödeln keinen Sinn mehr, meine Hände umfassen den Griff der Kabine, ich verlasse die Toilette und mache mich auf wackligen Beinen zum Taxistand auf dem Bahnhofsvorplatz. Ich bin in meinem Leben mit noch keinem Taxi gefahren. Das ist etwas für Reiche und Schöne, Luxus aus Filmen mit ebenso reichen und schönen Darstellern, denke ich. Beherzt steige ich in das Taxi ganz vorne in der Reihe. Ich schnalle mich hastig an und nenne dem Fahrer die von mir gewünschte Adresse. Das Auto rollt los und macht sich auf den zehnminütigen Weg durch die Stadt in die Außenbezirke bis zu der Wohngegend nahe der Autobahn, Romans Domizil. Ich schweige. Der Taxifahrer schweigt ebenso. Soll ich irgendetwas sagen? Ist es in Ordnung nichts zu plaudern? Wie macht man das, wenn man Taxi fährt? Um meine Einstellung zu einem potenziellen Gespräch noch zu verdeutlichen, neige ich meinen Kopf Richtung Fenster und sehe mir interessiert die Stadt an, in der Roman wohnt. Die Straßen und Geschäfte, durch die er möglicherweise selbst fährt und Einkaufen geht. Draußen bricht die Dämmerung herein und die Stadt versucht mit dem Aufflackern der Straßenlampen und Lichtern in den grauen Fassaden die Dunkelheit noch eine Weile länger im Zaum zu halten. Irgendwie mag ich diese Zeit des Tages, in der die Menschen ihre Arbeit niederlegen und ein anderes Leben als das des hektischen Tagesgeschäfts beginnt. Romans Straße ist ein kleiner Ring, in dem sich ein Mehrfamilienhaus an das nächste reiht. Die Häuser sind keine Neubauten, die angelegten Gärten sind gut und üppig bewachsen. Es ist eine Gegend für kleine oder auch große Familien und verzweifelte Hausfrauen, deren gut erzogene Männer den rebellischen Rasen vor dem Haus Woche für Woche mit dem Rasenmäher stutzen und dem störrischen Wachstum den Kampf angesagt haben. Nicht unbedingt die Gegend, in der ich Romans Wohnung vermutet habe, aber er hatte mir einmal gesagt, dass für ihn vor allem die Nähe zur Autobahn von entscheidendem Vorteil sei. Denn für seinen Job sei er nun einmal ständig unterwegs. Das Taxi hält vor einem sandfarbenen Gebäude, das sich von seinen Nachbarn nicht sonderlich unterscheidet. Da über der Hecke erkenne ich sogar die Hausnummer. 28.

Ich bin tatsächlich da. Jetzt schlägt mein Herz wirklich bis zum Hals und ich wundere mich, dass mir der Taxifahrer noch nicht auf das laute, schnelle Pochen angesprochen hat.

„Das macht dann zwölf Euro fünfzig."

Schnell krame ich das Geld zusammen und überreiche es ihm.

„Passend. Perfekt. Schönen Abend noch."

„Dankeschön."

Mit einem ehrlichen Lächeln steige ich aus. Mein Gehirn sendet mir Signale, dass ich wohl nicht mehr laufen könne, aber ich laufe trotzdem. Ich schaue zu den Balkonen hinauf und frage mich welcher davon wohl Roman gehört. Hier vorne gibt es keine Türen, also gehe ich an den Mülltonnen vorbei zwischen den beiden Häusern hindurch zur Hinterseite und dort befindet sich auch die gesuchte Eingangstür. Noch ein letzter Sprühstoß Parfüm auf meine Haare. Ich habe das Gefühl ich bin in Schweiß gebadet und die Dusche zu Hause ist längst ungeschehen gemacht. Aber das kann ich jetzt nicht ändern. Ich betrachte die Klingelschilder. Mein

Herz rast. Ich denke so aufgeregt wie jetzt war ich noch nie in meinem Leben. Vielleicht bei der Führerscheinprüfung, aber das lässt sich nicht wirklich vergleichen. Mittlerweile ist es völlig dunkel und Zweifel schleichen sich in meine Gedanken. Bin ich tatsächlich hier? Kann das denn sein? War das so klug? Aber ich kann hier nicht so einfach wieder weg. Ich kenne den Weg zurück zum Bahnhof nicht und ich kenne die Nummer des Taxi-Unternehmens nicht. Ich muss klingeln! Da entdecke ich auch seinen Namen. Ein kleiner Schock. *R + M Schwarz* steht dort geschrieben. Seine Ex-Frau oder Ex-Freundin? Oder ist er sogar vergeben und ich weiß es nicht? Ich schlucke. Gleichzeitig drängt sich mir eine Zukunft auf. Roman und Mia Schwarz. Jemand kommt uns besuchen und eine strahlende, wunderschöne Version meiner selbst öffnet die Tür zu unserer gemeinsamen Wohnung. Ich denke nicht mehr nach, mein Finger drückt sacht auf den Knopf und über mir höre ich ein schrilles Läuten. Zur Antwort ertönt ein tiefes Brummen in der Haustür, ich lehne mich dagegen und sie gleitet auf. Der Treppenaufgang ist dunkel aber im ersten Stock sehe ich eine handbreit geöffnete Tür, durch die ein Streifen warmes Licht fällt. Aufgeregt steige ich die Treppe hoch und meine Schuhe begegnen den Steinfließen mit einem lauten Klacken. Ich bin richtig. Auch hier steht sein Name neben der Tür. Vorsichtig lugt mein Kopf durch den Spalt in der Tür. Wo ist er denn? Soll ich einfach hineingehen. Unsicher stehe ich einen Moment vor der Tür, bevor meine Hand sich auf die Wohnungstür legt und sie mit leichtem Druck öffnet. Ich mache einen Schritt und ich bin drin. Seine Welt empfängt mich mit einem wohligen Schock. Überall sehe ich Lampen, die ein warmes Licht verströmen, auf dem Tisch neben mir steht sogar ein Lichtquader, der die Farbe wechselt. Plötzlich kann ich aufatmen. Romans Wohnung ist so anders als erwartet aber viel schöner als erhofft. Das erwartete kalte Grau kann ich hier nirgends entdecken, stattdessen habe ich gerade eine Wohnung mit Bildern an der Wand betreten, die der Besitzer mit Liebe zum Detail stilvoll einrichtete und dekorierte. Ich bin wie ein neugieriges Kind im Zirkus. Durch die Wohnungstür stehe ich quasi direkt in seinem Esszimmer, das gleichzeitig als Garderobe fungiert. Gegenüber dem Esstisch geht es türlos in die Küche, im Zimmer links daneben kann ich ein Bett erkennen. Endlich kommt Roman aus einem Zimmer rechts von mir getreten. Er sieht heute so gut aus. Er strahlt richtig. Geradewegs kommt er auf mich zu und nimmt mein Gesicht in seine Hände.

„Ey, ich kann immer noch nicht richtig glauben, dass du tatsächlich gekommen bist." Er ist so schön und ich weiß nicht was ich erwidern soll. Ich bin einfach nur glücklich. Und die letzte Anspannung weicht seliger Entspannung als mich Roman fest umarmt. Minutenlang drückt er mich so fest gegen sich, dass ich Angst habe zu platzen. Es ist mir beinahe unangenehm und zugleich möchte ich, dass er mich nie wieder loslässt. Ich versinke in seiner Stärke, die mich fest umschließt und liebend gerne werde ich für den Rest meines Lebens so begrüßt. Dann bin ich der glücklichste Mensch der Welt. Irgendwann lässt er mich dennoch los und führt mich an der Hand durch den Flur in die Küche. Neben den Kerzen und Lichtquellen, die sich wie ein roter Faden durch seine Wohnung ziehen, zieren den kleinen Küchenschlauch frische und getrocknete Kräuter, polierte Weingläser, bunte Kochbücher und farbenfrohe Dekoration, die aus der schicken Designerküche einen Raum mit Herz machen. An die Küche grenzt ein kleiner Balkon, der in Romans Alltag viel mehr Aufmerksamkeit bekommt als der größere Bruder, der das Wohnzimmer um ein paar Quadratmeter Frischluft erweitert. Auf der Küchenzeile stehen bereits zahlreiche Kochutensilien- und zutaten.

„Hier, schau, wie findest du das?", Roman lenkt meinen Blick auf ein aufgeschlagenes Buch Jamie Olivers. Pasta mit selbstgemachter Tomatensoße.

„Sieht voll gut aus."

„Ja, finde ich auch. Hab auch alles für das Rezept besorgt, was wir brauchen. Hier, du kannst schon mal den Knoblauch und die Zwiebel kleinschneiden. Dann stinken meine Hände wenigstens nicht."

Ich muss lachen, er drückt mir ein kleines Messer in die Hand und dann mache ich mich an die Arbeit.

„Ach ja, das wollte ich dir auch noch zeigen. Sieh mal."

Ich drehe mich um und Roman öffnet den Kühlschrank. Wie in einer Schatzkiste geht dort drin das Licht an und rückt die darin enthaltenen Schönheiten in Szene.

„Für deinen Obstsalat morgen früh", Roman strahlt mich an.

Mir winken Äpfel, Birnen, allerlei Beeren – Himbeeren, Erdbeeren, Blaubeeren, Brombeeren – Mango, Orangen, Avocado, Pfirsiche und Maracuja entgegen. Ich bin begeistert. Mir selbst kaufe ich niemals so viele verschiedenen Obstsorten auf einmal. Ich liebe Obst und die Freude auf mein morgiges Frühstück zaubert auch mir ein Strahlen auf das Gesicht. Ich bin gerührt von seinem Einkauf nur für mich und bedanke mich bei ihm.

„Das mache ich doch gerne. Ich habe sogar meine Sekretärin gefragt und sie hat mir den Tipp gegeben frischen O-Saft am Schluss drüberzugeben. Da. Den hab ich auch geholt. Ganz frisch, ohne irgendwelchen Scheiß beigemischt. Mit Fruchtstückchen noch mit drin", jetzt holt er eine Flasche Orangensaft vom Schrank und hält sie mir ins Gesicht.

„Oh, das kenne ich so gar nicht, aber das ist bestimmt total lecker."

„Ja, ich bin auch mal gespannt wie es wird. Das war sowieso lustig beim Einkaufen. Da treffe ich natürlich einen Bekannten und der war ganz geschockt mich in der Obst- und Gemüseabteilung mit so viel Sachen im Einkaufswagen zu sehen." Roman lacht.

Ich bin immer noch nervös und weiß nicht recht, was ich alles sagen soll. Diese Bedenken sind jedoch völlig unbegründet, denn Roman redet wie ein Wasserfall und langsam entspanne ich mich. Alle Aufregung fällt von mir ab. Jetzt brät Roman die Zwiebel und den Knoblauch an, den ich versucht habe so klein wie möglich zu schneiden, dann geben wir die großen Tomaten aus der Dose dazu während das Nudelwasser kocht. Roman erzählt mir ganz begeistert von der hochwertigen Qualität der Tomaten, denn er lege Wert auf gute Lebensmittel und würde stets nur das beste einkaufen. Er zerreibt ein Blättchen frischen Basilikum zwischen seinen Fingern und hält ihn mir unter die Nase.

„Wie ist das?" Seine Begeisterung ist ansteckend und ich liebe diesen Duft der frischen Kräuter, mit denen wir die Soße später noch würzen und verfeinern. Das Gericht ist wohl keine hohe Kunst, aber wir lassen uns Zeit. Kochen wird zum Erlebnis und irgendwann später – ich habe kein Gefühl mehr für Zeit und Raum – ist es fertig und Roman serviert die Pasta mit einer Haube aus Soße auf einem wunderschönen cremefarbigen Teller aus Porzellan, garniert das Ganze mit dem obligatorischen Basilikum und ich setze mich mit dieser Augenweide an den gedeckten Tisch. Roman sitzt mir gegenüber. Es duftet herrlich. Ich bin verliebt in den Teller vor mir und wahrscheinlich habe ich noch nie in meinem Leben ein Essen so genossen wie heute. Ein Gericht ausschließlich aus frischen Zutaten herzustellen ist mir fremd. Das mache ich nicht und habe das so nie kennenlernen dürfen. Es ist wunderschön. Noch nie hat eine Küche so gut geduftet, noch nie haben meine Finger frische Kräuter aus ihren Töpfchen entführt und über eine Pfanne gestreut, noch nie war meine Nahrung mit so viel Liebe infiziert, so dass jeder Biss ein Kniefall vor dem Gut Mutter Erde ist und eine Wertschätzung versprüht, die ihresgleichen sucht. Beim Essen wird es leiser zwischen uns und in den stillen Momenten findet meine Nervosität wieder Raum sich zu entfalten. Ist es schlimm, wenn ich jetzt nichts sage und einfach nur kaue? Was passiert nach dem Essen? Ich weiß nicht, ob Roman ähnlich fühlt, aber er steht ständig auf, stellt dies noch da hin und räumt jenes noch dorthin. Romans Augen strahlen, als ich seine Frage nach Nachschlag bejahe und er mir eine zweite Portion auf meinen Teller häuft. „Ich muss auch echt sagen, ich bin schon stolz auf uns, das ist sehr gut geworden."

Ich muss lächeln und auch ich bin stolz auf uns. Mein zweiter Teller ist leer, Roman räumt ihn weg.

„Oder willst du noch was?"

„Nein, danke, ich bin satt."

Das ist zwar gelogen, aber es ist für diesen Moment in Ordnung. Schließlich will ich nicht noch nach einer dritten Portion verlangen und mich wie eine gefräßige Kuh präsentieren, die Mengen verspeisen kann, die Männer wahrscheinlich nicht mehr attraktiv finden. Roman räumt das restliche Geschirr in die Geschirrspülmaschine und ich stehe von meinem Stuhl auf, trinke noch einen Schluck Wasser aus meinem Glas. Dann kommt Roman langsam auf mich zu und schließt mich in seine Arme. Er drückt mich fest an sich und seufzt. Er legt seine Finger auf mein Kinn und hebt es zärtlich nach oben. Sein Mund findet meinen Mund und in die Zärtlichkeit mischt sich Leidenschaft und Verlangen. Seine Hände sind überall und langsam finden wir eng umschlungen unseren Weg in sein Schlafzimmer. Er stößt die spaltbreit geöffnete Tür auf. Er zieht mich aus und der Moment, in dem ich sein schwarzes Hemd von den starken, wunderschön gebräunten Schultern über die Arme nach unten streiche, sind prägende Sekunden, die mir lehren, was Schönheit bedeutet. Während wir miteinander schlafen, sind seine Arme ein Tor, das mich beschützt, das mich dazu einlädt alles zu vergessen, das mich bis dahin ausmachte. Alle Erfahrungen und alle Erinnerungen werden getilgt und alles was bleibt ist das Gefühl von seiner Haut auf meiner Haut. Ich bin seine Haut, ich bin sein Duft, ich bin seine Stärke und wenn nur ein Abglanz seiner Schönheit auf mir kleben bleibt, dann bin ich in dieser Welt immer noch eine Königin. Wir schlafen nebeneinander ein und ich kann mich nicht trauen zu glauben, dass das wirklich mein Leben ist. Dass es tatsächlich so schön sein kann.

Mein Schlaf ist unruhig. Er will sich einfach nicht über mich legen. Ich bin ebenso unruhig, wälze mich hin und her. Die Schlaflosigkeit macht mich wütend und gleichzeitig kommt mir Schlaf wie die Verschwendung dieses wunderschönen Augenblicks vor. Verstohlen sehe ich immer wieder zu Roman. Diesen Mann so unverhohlen zu betrachten kommt mir fast wie ein Verbrechen vor, schließlich liegt er so vollkommen wehrlos neben mir. Sich neben jemanden ins Bett zu legen und einzuschlafen ist eine wahrlich intime Angelegenheit. Das fällt mir zum ersten Mal auf und ich schäme mich dafür jede Facette seines Rückens genauestens unter die Lupe zu nehmen. Ich lege mich ganz nah an ihn ran, ohne ihn jedoch zu berühren. Meine Hand hebt sich, meine Finger möchten ihre Kuppe auf seine Haut betten und darüber streicheln. Aber einen Zentimeter davor stoßen sie auf eine unsichtbare Barriere, die ich nicht überwinden kann. Verletzt und enttäuscht drehe ich mich auf die andere Seite und versuche nicht mehr daran zu denken, dass ich nicht in meiner Wohnung und dass ich nicht allein bin. Als ich die Augen am nächsten Tag öffne, fällt bereits helles Licht durch die Lamellen am Fenster und ich kann meine Umgebung das erste Mal im, wenn auch fahlen, Tageslicht betrachten. Mir fallen sofort die zahlreichen Orchideen auf, die den Raum aus zarten Blütenfarben um eine echte Pflanzenpracht erweitern. An der Nase des großen, grauen Buddha in dem Leinwandgemälde an der Wand hängt ein Spritzer rote Farbe, wie er mir später einmal verraten wird, aber aus der Ferne kann ich das nicht erkennen. Der große Kleiderschrank, der die komplette Wandseite einnimmt, beherbergt wohl mehr Kleidung als ich jemals besitzen werde. Einen Fernseher würde ich mir zwar nicht ins Schlafzimmer stellen, aber ich werde diesen Raum hier genauso lieben wie alle anderen. Roman scheint auch wach zu sein, denn jetzt rückt er zu mir auf, ganz nah, ich spüre seinen Atem in meinem Nacken. Seinen linken Arm legt er auf mich und er streichelt sanft über meine Arme und meinen Kopf. Ich versinke gefühlte Stunden immer tiefer in mein weiches Kissen. Schließlich gleiten seine Hände meinen Rücken und Bauch entlang, meine Beine und meinen Po. Es ist so schön hier zu sein, so schön neben ihm, bei ihm aufzuwachen und nichts ist schöner als am Morgen mit ihm zu schlafen.

Als er aufsteht um sich einen Kaffee zu machen, setze ich mich schließlich auch auf und mein Blick fällt in die Spiegeltür seines Kleiderschranks. Mein Haar ist zerzaust, meine Lippen gut durchblutet und knallrot. Die Frau in dem Spiegel ist irgendwie schön. Ich habe meine Kurven noch nie in diesem Licht betrachtet, aber sie sind nicht so schrecklich wie sonst. Sie passen zu ihr wie angegossen und mir fällt im Traum nicht ein, warum jemand behaupten könne, sie ist nicht schön so wie sie ist. Bei dem Gedanken, dass mich Roman vielleicht genau so wahrnehmen könnte, muss ich lächeln. Dann stehe auch ich auf, gehe in die Küche nebenan, in der mich ein Kaffee trinkender Roman erwartet. Er schließt seine Arme um mich und drückt mir einen Kuss auf die Stirn. Dann wünscht er mir einen Guten Morgen.

„Soll ich dir einen Cappuccino zu deinem Frühstück machen? Schau mal her."

Ich nehme dankend an und sehe über Romans Schulter auf die Arbeitsplatte, auf der aus den meisten Obstsorten bereits mundgerechte Stücke geschnitten wurden, die in die schöne Keramikschüssel daneben geworfen wurden. Er lacht.

„Na, da freut sich aber jemand."

Es stimmt. Ich strahle.

„Und wenn du aus der Dusche kommst, dann steht alles bereit."

Als ich aus der Dusche komme ist tatsächlich der Tisch für mich gedeckt. Dort erwartet mich ein Schüsselchen von dem Obstsalat mit der Geheimzutat seiner Sekretärin – dem O-Saft – und ein mit perfektem Schaum benetzter

Cappuccino. Freudig und hungrig setzte ich mich an den Tisch. Das ist das beste Frühstück, das ich jemals hatte. Mit so viel Liebe gemacht und garniert. Roman frühstückt nicht, stattdessen steht er mit einer Zigarillo in der Hand an der geöffneten Balkontür und sieht hinaus. Ob es für ihn auch seltsam ist, dass ich hier bin? Was er jetzt wohl denkt? Ab und zu legt er seine Zigarillo in den Aschenbecher und läuft in der ganzen Wohnung umher, um kurze Telefonate zu führen und Dinge an ihrem dafür vorgesehenen Platz zu verstauen. Immer wenn er an mir vorbeikommt – und das ist sehr oft, schließlich liegt der Tisch, an dem ich sitze, doch im Zentrum der Wohnung – beugt er sich zu mir hinab und gibt mir wahlweise einen Kuss auf meine Stirn, meine Wange oder meine Haare.

Irgendwann lacht er: „Ich kann einfach nicht an dir vorbeigehen ohne dich zu küssen."

Ich muss auch lachen und weiß nicht recht, was ich darauf erwidern soll. Nun habe ich die zweite Portion Obstsalat verdrückt und von meinem Cappuccino ist lediglich ein beiger Schaumrest vorhanden, der sich an den Tassenboden klammert. Roman räumt mein Geschirr weg. Was jetzt? Werde ich jetzt gehen? Wir verbringen noch etwa eine Stunde zusammen in der Küche, in der ich versuche so viel von ihm aufzusaugen wie möglich. Schließlich ist es jedoch nach elf Uhr und Roman fragt, ob er mich langsam einmal nach Hause fahren soll. Am liebsten würde ich entgegnen, dass ich gerne länger bleiben möchte, dass ich noch nicht gehen möchte, aber ich sage nichts. Ich nicke, packe meine Sachen, Roman übergibt mir meinen Verdienst für die gestrige Nacht und wir verlassen die Wohnung. Die halbe Stunde Autofahrt zu mir nach Hause verbringen wir eher schweigend, meine Stimmung ist gedrückt und ich bin froh, dass mich Roman still sein lässt.

„Wollen wir das wiederholen? Ich würde mich freuen", fragt er mir, als wir vor meiner Wohnung parken.

„Gerne, ich würde mich auch freuen."

Ein letzter Kuss auf den Mund, mein Herz rast, ich steige aus und als die Wohnungstür hinter mir ins Schloss fällt, brechen ich wieder in Tränen aus. Es ist wieder schlimmer geworden. Ich schluchze heftig und frage mich laut, was mit mir los ist. Schon jetzt vermisse ich Roman zu sehr und in mir keimt der Gedanke, dass ich die Tage bis wir uns wiedersehen nur sehr schwer ertragen werde. Ich bekomme eine Nachricht von Roman.

„Danke, dass du gestern gekommen bist, auch wenn ich dich vom Bahnhof nicht abholen konnte."

„Das ist doch kein Problem. Wirklich", schwöre ich.

„Du bist ein Schatz. Kuss."

Ich muss lächeln und sende einen lächelnden Smiley, der meine Gefühle nur ansatzweise ausdrücken kann.

„Du sahst übrigens so süß aus als du schliefst."

Ich bin geschockt. Hat er mich im Schlaf beobachtet. Ich lache. So wie ich ihn? Am liebsten würde ich entgegnen, dass er auch sehr süß beim Schlafen aussah, aber damit würde ich mich nur verraten.

Stattdessen spiele ich Entsetzen: „Hast du mich wohl beim Schlafen beobachtet, als ich völlig wehrlos neben dir lag?"

„Lach. Nur ein bisschen. Du bist im Schlaf auch immer mehr nach unten versunken. Süß."

Den nächsten Wochen und Monaten wohnt der gleiche Zauber inne, den wohl auch jedes normale, frisch verliebte Pärchen erlebt. Meinen Alltag beherrscht zwar immer noch das Essen, das Kotzen, das Schneiden und das Geldverdienen mit anderen Männern, aber ich hege wieder Hoffnung irgendwann Besserung zu erfahren. Ich weiß, dass ich im Herbst eine neue Ausbildung zur Kosmetikerin anfangen werde und das gibt mir Auftrieb. Ich fand diesen Bereich immer interessant. Mein erster realistischer Berufswunsch als Jugendliche war Make-Up-Artist. Zu genau kann ich mich jedoch an das bittere Gesicht meiner Mutter erinnern, als wir zusammen im Auto saßen und ich ihr von meinen Träumen erzählte. Ich hatte im Internet sogar schon nach entsprechenden Ausbildungsschulen recherchiert und eine sehr renommierte Schule im weit entfernten München ausfindig gemacht. Meine Mutter gab keine Regung von sich. Kurz überlegte ich das Ganze noch einmal zu wiederholen. Lauter, damit ich sicher sein kann, dass sie mir zuhörte. Dabei wusste ich doch, dass sie gehört hatte, was ich gesagt hatte. Es war schließlich ganz leise um uns herum. Kein Nein hätte lauter hallen können als ihr Schweigen und ihre Ignoranz. Jetzt ist es schließlich das kleine Pendant in der nahen Umgebung geworden. Damit bin ich auch zufrieden. Ich fahre regelmäßig zu Roman, so einmal in der Woche. Vielleicht auch zweimal. Wir haben Sex, wir kochen und bestellen beim Lieferservice, wir sehen fern. Wir machen das, was normale Paare wahrscheinlich auch machen würden und es ist wunderschön. Manchmal sitzen wir mit unserem bestellten Essen vor dem Fernseher. Ich auf dem Sofa. Wegen seinen Rückenschmerzen sitzt Roman an das Sofa gelehnt neben mir. Sein Wohnzimmer ist genauso detailverliebt und geschmackvoll eingerichtet wie die übrige Wohnung. Nie war eine Pizza so lecker wie hier und ich lache über Romans Art dem Lieferanten die Tür in Unterhose aufzumachen. Die Art, wie er so ganz ungezwungen mit fremden Menschen scherzen kann. Wie er von jedem sofort gemocht wird. Interessant. Faszinierend. Anders. Während nach dem Essen der Film vor uns weiter in seine Zukunft spielt, massiert Roman meine Füße. Oder ich sein Gesicht. Seinen Nacken. Oder seine Hände. Ich bin ganz verliebt in seinen Rücken und seine Arme. Sie kommen mir so stark vor, als würde alles Schlechte daran abprallen und mich beschützen können, wenn ich denn nur die Seine wäre. Manchmal massiert er mir im Bett sogar den Rücken und ich ärgere mich, dass ich die Zeit, die mir unter seinen Händen zuteil wird, nicht einfrieren kann. Roman entführt mich in ferne Welten, in seine Welt und ich beginne selbstgekochtes Essen zu lieben. Nur für mich kauft er sich ein vegetarisches Kochbuch, aus dem wir entweder gemeinsam etwas zubereiten oder er mich mit einer neuen Dessertkreation überrascht. So kochen mir einmal eine frische Minestrone. Das Gemüse und die Kräuter dafür kleinzuschneiden dauert ewig, aber es lohnt sich und so manches Gemüse habe ich davor noch nie gekostet. Es gibt außerdem Pasta mit schaumcremiger Gorgonzolasoße, wobei mein Highlight die gefüllten Spinatrollen bleiben, die auf der Zunge zergehen und mit so viel Butter und Pinienkernen gefüllt sind, dass wir beide nach nur einer Rolle pappsatt sind. Mehr noch als die kreativen Hauptgerichte verzaubern mich aber die süßen Köstlichkeiten, die in regelmäßigen Abständen auf den Tisch kommen. Einmal holt Roman für mich nach Weihnachten duftende, beschwipste Gewürzpflaumen aus dem Ofen, die in Vanillesoße baden. Einmal gibt es cremiges Tiramisu, einmal ein noch heißes, mit hauchzartem Zucker berieseltes Blätterteigtörtchen mit

Birnenkompott. Ein anderes Mal einen Traum aus Schokolade. Warmer Teig, flüssiger Kern und sprichwörtlich eine krönende Sahnekirsche. Jedes Mal versinke ich in den Geschmäckern, der Liebe, die in jedem einzelnen Bissen steckt. Roman genießt es sichtlich, wenn er mir dabei zusieht wie ich seine Desserts vernasche und weil ich an den Tagen, an denen ich zu Roman fahre, nichts esse, quält mich noch nicht einmal ein schlechtes Gewissen. Im Gegenteil. Ich liebe es, wenn ich das Strahlen in seinen Augen sehe, immer dann, wenn es mir schmeckt und er sich freut, weil ich mich freue. Einmal holt er aus seinem Arbeitszimmer eine CD und legt sie ein. Das Zimmer ist von unten bis oben vollgestopft mit Elvis-CDs. Seine geheime Sammelleidenschaft, für die er CDs aus der ganzen Welt bestellt und in diversen Gebrauchtwarenläden online und offline auf Schnäppchenjagd geht. Er kommt wieder in die Küche, nimmt mich ganz fest in seine Arme und im Nebenraum fängt Elvis ganz laut, aber leise *Love Me Tender* zu singen. Ganz langsam drehen wir uns in der kleinen Küche im Kreis, während sich Roman an mich schmiegt und mit seinen Händen meinen Rücken entlangfährt. Wir tanzen wunderschön. Schon seltsam wie nur ein paar Minuten sich so ausdehnen, dass ich mich immer daran erinnern werde können.

Einmal lässt mir Roman ein Bad ein. Ich habe keine Badewanne, aber ich liebe es zu baden. Das ist purer Luxus. Ich liebe es im heißen Wasser zu liegen. Meine Muskeln zu entspannen. Meine Haut öffnet sich und wird puderweich. Jetzt ist die Wanne voll. Roman dreht den Wasserhahn zu und der Schwall versiegt. Der schneeweiße Schaum türmt sich zu wolkengroßen Bergen auf und freudig gleite ich hinein. Roman dämmt das Licht, zündet Kerzen an und stellt sein Tablet auf die Fensterbank, sodass ich Musik hören kann. Dann geht er hinaus und ich bin allein im Kerzenschein. So. Jetzt entspannen. Fällt mir schwer. Unter der Musik höre ich den Schaum leise knistern und ich schöpfe mir kleine Wolken auf meine Hand. Ich liege bis zum Hals mit Wasser bedeckt, nur meine Brüste stehen wie zwei seltsame Inseln aus dem Wolkenmeer heraus. Roman kommt, gibt mir einen Kuss und stellt mir ein Glas Sekt auf das Bänkchen neben der Badewanne. Dann geht er hinaus und kommt kurze Zeit darauf erneut herein. Mit einem kleinen Teller in der einen und einem kleinen Löffel in der anderen Hand. Strahlend drückt er mir den

Teller und den Löffel in meine Hand. Eine in Scheiben geschnittene Banane, Schokoladentrüffel, Walnussöl und zerhackte Nüsse kann ich entdecken. Es sieht wunderschön aus. Roman ist so süß. Ich kann nicht aufhören ihn anzustarren und glücklich vor mich hinzulächeln. Ich fühle mich wie eine Prinzessin. Wie ein Schatz, der in dem Moment nur ihm gehört. Ich will dieses Gefühl nicht verlieren. Nicht an Wert einbüßen und unwichtig werden. Für ihn.

Einmal liegen wir in seinem Bett und fangen an aus dem Nähkästchen zu plaudern.

„Hattest du schon einmal etwas mit einer Frau?", fragt Roman mich völlig unerwartet.

„Ja", sage ich zögerlich, als würde ich es nicht gerne zugeben würden. Das ist gelogen. Ich erfinde eine passende Geschichte dazu, zimmere Wände aus Plausibilität, bestücke das Gerüst mit genauen Details und schon steht die glaubhafte Handlung wie eine eins. Ich schäme mich. Warum kann ich nicht die Wahrheit sagen? Roman gibt mir ungewollt Auskunft über seine vergangenen Liebesabenteuer. In dem Moment sage ich nichts. Aber es bricht mir das Herz zu wissen, dass ich nicht die einzige für ihn bin und das vielleicht auch niemals sein werde. Vergangenheit tut weh. Zukunft auch. Roman darf nie erfahren, wie viel er mir bedeutet. Ich darf nicht zulassen, dass er erfährt wie unausgeglichen das Verhältnis an Gefühlen zwischen uns ist. Ich darf nicht einbrechen, muss stark, kühl und geheimnisvoll bleiben. Zuhause entgleist mir erneut mein Leben. Ich stopfe mich mit dem billigsten, ekelhaftesten Essen zu, bis mein Bauch so groß ist wie ein Ballon, dann lohnt sich das Kotzen. Nach der ersten Runde schmeckt das Essen überhaupt nicht mehr. Aber ich kann nicht aufhören. Ich fühle mich so schrecklich und vor allem halte ich mich und meine Gefühle nicht mehr aus. Am Abend kommt ein neuer roter Strich auf meinen Arm, danach geht es mir etwas besser. Ich will nicht aufhören. Warum sieht niemand wie ich schreie, wie ich weine, wie ich sterbe?

Weil da Hoffnung ist, sterbe ich bis in alle Ewigkeit. So sehr ich gesehen werden will, so sehr hasse ich jeden kleinsten Blick, der auf mir liegen bleibt. Lasst mich allein in meiner Welt. Ich kann nicht ewig in ihr leben? Ich muss sie verlassen? Warum tut man mir das an? Ich ertrage die Welt der anderen nicht. Meine Welt ist nicht real? Das weiß ich. Aber sie ist in ihrem Schmerz wunderschön. Sie beschützt mich und ist gütig. Lange kann ich die Löcher, die die andere Welt in meine reißt, nicht mehr schließen. Sie ist schwach und wird mich verlassen. Und ich mit ihr. Vielleicht. Das, was ich nicht ertragen kann. Will es zerstechen und zerstören. Erwürgen und erschlagen. Bin verbunden. Für immer. Mit meinem Gefühl.

HERBSTZEITLOS

Mit dem Einzug des Herbsts in die Welt dreht sich langsam das Blatt und fällt hinab auf kalten Grund. Grün wird zu rot. Die Bäume holen sich ihr Blut zurück und es wird an anderer Stelle vergossen. Egal was passiert, egal wie sehr sich die Welt verändert, Blumen werden im Frühling wieder blühen und Blätter im Herbst wieder fallen. Manche Dinge kehren jedoch nie wieder zurück. Meine Ausbildung läuft an und all die Dinge, die ich mir zur Feier dieses Neuanfangs vornahm, kann ich nur teilweise umsetzten. Ich bin regelmäßig anwesend. Das ist gut. Manche Aufgaben, vor allem das Üben an anderen Menschen, bereitet mir viel Angst, aber ich laufe nicht davon. Das ist gut. Meine Kolleginnen sind in Ordnung, aber Anschluss finde ich nicht. Ich mache mein eigenes Ding. Bleibe in meiner eigenen Welt. Bleibe eine Fassade, die lächelt, wenn es Zeit ist zu lächeln. Die antwortet, wenn es Zeit ist zum Antworten. Die die Meinung vertritt, die am wenigsten aneckt. Wie immer. Ich halte mich heraus aus den Zickereien, die von Zeit zu Zeit auftreten. Dafür lausche ich ganz gebannt dem Unterricht, denn die

Theorie der Haut und die verschiedenen Inhaltsstoffe von Pflanzen und Kosmetika faszinieren mich und es macht mir ehrlich Freude zu lernen. Auch beim Thema Make-up und beim Schminken schlägt mein Herz leise Freudefunken und ich kann in die Welt etwas Farbe pinseln. Nachdem der Unterricht vorbei ist und ich nach Hause gehe, falle ich jedoch nur zu oft in alte Verhaltensweisen zurück. Seit ich Roman kenne, sind meine Fressanfälle häufiger und regelmäßiger geworden. Außerdem gewinnen sie kontinuierlich an Intensität und oftmals verbringe ich ganze Nachmittage und Abende mit mir allein. Immer dann, wenn ich die Einsamkeit nicht mehr aushalte, hole ich mir Essen. Essen in Massen. Ich brauche mehr Geld, mehr Geld für Essen, mehr Geld für Kleidung und mehr Geld für all die Dinge, die mich schön machen. Sonst kann ich mich mit Roman nicht mehr treffen. Ich treffe mehr Männer. Alles wird mehr, alles schraubt sich in die Höhe, nur meine Tränen werden immer weniger. Weinen geht nicht mehr. Dabei geht es mir doch schlecht.

Heute ist Donnerstag und im Unterricht wird mir plötzlich so übel, dass ich die Lehrerin bitte früher nach Hause gehen zu dürfen. Ich habe mir wohl eine Grippe eingefangen und so verbringe ich den Rest des Tages mit Schmerzen im Bett. Dann ist es Freitag und mir ist immer noch kotzübel, dass ich mir so wohl oder übel meinen zweiten Fehltag in der Schule einhandele. Das ist nicht gut. Mich beschleicht ein ungutes Gefühl. Die Art von Schmerz ist mir neu. Das ist doch keine normale Grippe, denke ich mir. Ich weiß nicht genau, was mich am Samstagmorgen zu Beginn der Öffnungszeiten in die Drogerie schleppen lässt. Dort besorge ich mir einen Schwangerschaftstest. Beschämt lege ich ihn aufs Kassenband, die verräterische Aufschrift nach unten gelegt, sodass der Kunde hinter mir nicht erkennt, was ich da am Kaufen bin. Ich will die Kassiererin nicht ansehen. Was sie wohl von mir denkt? Mit gesenktem Kopf verlasse ich den Laden so schnell wie möglich und zuhause begebe ich mich mit pochendem Herzen ins Badezimmer. An dem Punkt ist meine Periode fünf Tage überfällig. Aber das muss nichts heißen. Als vor ein paar Monaten ein Kunde ohne meine Zustimmung kein Kondom benutzte und ich zu feige war dagegen zu protestieren, war ich auch überfällig. Sogar mehrere Monate. Aber es ist nichts passiert. Ich will es nicht tun und tue es trotzdem. Ich pinkle in einen Becher und halte den Papierstreifen hinein. Dann gehe ich schnell fort, als würde meine Abwesenheit das Ergebnis beeinflussen. Ich habe solche Angst, aber als ich wieder nähertrete, sehe ich zwei kleine, blaue Streifen. Schock. Das kann nicht sein! Das darf nicht sein! Das ist nicht die Wahrheit! Ich muss einen zweiten Test machen, bis dahin habe ich keine Gewissheit. Aber nicht heute. Ich kann das Haus heute nicht mehr verlassen. Die Schmerzen sind so schlimm. Es tut so weh, also bleibe ich zuhause. Trotz allem bin ich nüchtern. Das ist so surreal, das ist nicht meine Realität. Andere Menschen aus Filmen und Büchern geraten in solche Situationen, aber ich doch nicht. Es tut so weh und während ich so daliege und mein Geist im starken Gegensatz zu meinem Körper nicht zur Ruhe kommt, rede ich mir ein, dass ich mir jetzt keine Sorgen machen muss. Erst am Montag werde ich Gewissheit haben. Da fällt mir ein, dass am Montag Feiertag ist und ich zwei weitere Tage hier allein verbringen muss, bis ich weiß, was mit mir und meinem Leben passiert. Die nächsten zwei Tage sind die Hölle. Meine Schmerzen klingen nicht ab und in regelmäßigen Abständen überflutet mich eine Pein, die nicht auszuhalten ist. Manchmal denke ich, dass ich das nur aushalte, weil mein Körper eben noch am Leben ist. Langsam aber stetig überfällt mich Panik und alle rationalen Versuche mich zu beruhigen scheitern kläglich. Was ist, wenn ich wirklich schwanger bin? Ich kann das nicht. Ich schluchze und weine elendig. Mein Kopf ist voll von Bildern und ich frage mich, ob man an seelischen Schmerzen zu Grunde gehen kann? Die Einsamkeit und die Dunkelheit in meiner Wohnung stacheln alle negativen Gefühle in mir zu Höchstleistungen an und ich habe noch nie in meinem Leben so viel geweint wie jetzt. Wie in den nächsten Wochen. Ich habe solche Angst vor dem Ergebnis nächste Woche und gleichzeitig ertrage ich diese Ungewissheit nicht mehr. Ich darf niemanden davon erzählen. Wie ich mich verhalten würde, wenn ich tatsächlich schwanger wäre? Intuitiv steht meine Entscheidung bereits fest, bevor ich überhaupt Klarheit habe. Wobei es sich für mich nicht wie eine Entscheidung anfühlt. Vielmehr ist eine Option keine Option für mich. Nichts das Wirklichkeit werden kann. Oder darf. Ich muss das allein durchstehen und wenn ich daran zerbreche. Meine Eltern dürfen niemals etwas davon erfahren. Ich kann mich selbst zerstören, aber der traurige Blick meiner

Mutter wäre mein Todesurteil. Das darf ich ihr niemals antun. Verzweiflung lässt mein Herz pochen und während meiner Heulkrämpfe schlage ich mit meinen Fäusten so fest auf meinen Bauch wie ich nur kann. Ich googele im Internet, ob man mit einem Kleiderbügel aus Draht vielleicht in die eigene Gebärmutter stechen kann und alles kaputt machen kann, das sich dort vielleicht eingenistet hat. Ein dünner Drahtbügel, den man gut verbiegen kann. Mit meinen Fingern versuche ich durch die Öffnung im Muttermund zu gelangen, aber es tut so weh. Ich lasse das wieder sein. Ich male mir aus wie ich die Schwangerschaft von meinem Umfeld vertuschen kann. Ich brauche viele weite Pullover. Dann bringe ich das Kind heimlich auf die Welt und letztendlich fahre ich das tote Kind zu meinen Eltern. Dort spiele ich einen gewöhnlichen Besuch mit einer gewöhnlichen Übernachtung vor und nachts kann ich mich hinausschleichen, hole einen Spaten aus der Scheune und gehe in den Wald. Dort werde ich es vergraben. Niemand wird nach etwas suchen, von dem man nicht weiß, das es jemals existierte. Vielleicht werde ich davonkommen. Vielleicht auch nicht. Vielleicht werde ich irgendwann auch in Handschellen an meiner Familie vorbei abgeführt. Bis es soweit ist, bin ich wahrscheinlich ein lebender Toter und die Strafe wird mich nicht treffen. Aber momentan macht mir die Vorstellung nur Angst. Ich dachte nie, dass ich ein solcher Mensch werden würde. Plötzlich kann ich die Frauen verstehen, über die man in den Medien so hart urteilt. Ist dieses Verständnis Auszug meines schlechten Charakters? Ich weiß nicht, was es ist, aber diesen Weg werde ich nicht gehen können. Könnte das einfach nicht über mich bringen und so knallhart durchziehen, egal wie groß mein Leiden und wie überwältigend meine Ängste auch sind. Ich werde das tun, was ich tun muss. Allein. Danach, falls ich dann noch lebe, kann ich wieder ein Lächeln aufsetzen und so tun als wäre nie etwas gewesen. Das ist etwas, das ich kann. Das ist meine Stärke. Mein Leben lang habe ich nichts anderes getan und so werde ich mich auf das besinnen, was mir vertraut ist und machbar erscheint. Die zwei Tage ziehen sich zäh dahin und ich flehe jede Minute an, auf das sie bitte vorbeigehen möge. Die Schmerzen sind so schlimm, dass ich Notfallnummern an Sonn- und Feiertagen recherchiere. Ich könnte auch mit dem Bus in die Ambulanz im Klinikum fahren. Oder besser ein Taxi rufen, denn ich kann nicht normal laufen vor Schmerz.

Vielleicht könnte man mir dort helfen. Ich fange an die Telefonnummer in mein Telefon zu tippen, aber letztendlich betätige ich die Löschtaste bis das Feld wieder leer ist. Mir fehlt schlichtweg der Mut. Stattdessen betäube ich mich mit Schmerzmitteln, die den Schmerz jedoch nur mittelmäßig lindern. Heute bin ich mit einem Kunden verabredet. Das kann ich nicht einfach absagen. Das Gute an der Zeit ist, dass sie niemals wirklich stehen bleibt. Ich weiß nicht, ob ich es verdient habe, aber sie gewährt mir Gnade und geht vorbei. Irgendwann. Nach zwei Tagen, die sich wie zwei Wochen anfühlten, ist endlich Dienstag und das Leben nimmt seinen Lauf. Geschäfte sind wieder geöffnet und Ärzte in ganz normalen Sprechstunden erreichbar. Jedoch ist heute auch wieder normaler Schulbetrieb und pflichtbewusst bin ich anwesend. Ich will keinen Tag mehr verpassen, habe alle Schmerztabletten geschluckt, die ich noch finden konnte. Folgen kann ich dem Unterricht nicht, aber wenigstens erfülle ich die Anwesenheitspflicht. Heute Morgen, ganz früh um sieben Uhr, war ich bei meiner geliebten Hausärztin, die wie eine umsorgende, liebevoll kümmernde Mutter für mich ist. Ich erzähle ihr alles. Über meinen schlimmen

Verdacht. Sie sieht mir ohne Wertung in die Augen. Das tut gut. Nach der Schule werde ich bei einem Frauenarzt anrufen. Mein erster Anruf frustriert. Es werden keine neuen Patientinnen angenommen. Erst wieder nächstes Jahr. Das kann doch nicht wahr sein. Dass man mich einfach so stehen lässt und es den Menschen egal ist, was mit mir geschieht. Es folgen weitere Anrufe. Kein Platz für mich. Erst nächste Woche. Nächsten Monat. Nächstes Jahr. Dann endlich finde ich eine Gemeinschaftspraxis, in der ich als Akutpatient sofort einen Termin bekomme. Ich bin erleichtert und mache mich mit dem Bus Richtung Klinikum. Ich bin aufgeregt, weil ich noch nie den Stadtbus in diese Richtung genommen habe. Meine Sinne sind hyperaktiv, sodass ich es ja nicht verpasse an der richtigen Haltestelle auszusteigen. Ich habe es geschafft. Ohne großes Nachdenken betrete ich die Praxis und werde dann als erstes ins Wartezimmer gebeten, wo ich einen Fragebogen ausfüllen soll. Nachdem ich die Zettel wieder abgegeben habe, warte ich erneut. Schon seltsam. Ich hatte immer so viel Angst vor einem Besuch beim Frauenarzt und jetzt sitze ich hier und der Ton, mit dem meine Mutter über diesen Arzt immer sprach, kann mich hier nicht erreichen. Es könnte mir nicht egaler sein. Ich will lediglich Hilfe bekommen. Es dauert nicht lang, ich werde noch kurz in ein kleines Nebenzimmer zum Blutdruckmessen gebeten, und dann werde ich auch schon zum Arzt vorgelassen. Der Arzt ist ein kleiner Mann um die sechzig Jahre, mit ehrlichen, freundlichen Augen. Ich bin erleichtert. Auch wenn ich nie zu einem männlichen Arzt gehen wollte. Ich erzähle ihm warum ich hier bin. Er hört mir ruhig zu und bittet mich für die Untersuchung unten herum freizumachen. Schon sitze ich auf dem Stuhl und er führt eine Ultraschallsonde in mich ein. Ich sehe nach links auf den Monitor und da sehe ich einen rosinengroßen Fleck, der auf dem dunklen Untergrund hervorsticht. Ich bin geschockt. Das ist das Baby, meint er. Tränen schießen in meine Augen, die ich beschämt wegblinzele. Ich stehe neben mir. Dann ist es auch schon weg und die Untersuchung vorbei. Es ging so schnell. Ich habe keine Zeit nachzudenken, keine Zeit das Bild bewusst zu betrachten und keine Zeit, um meine Gefühle zu deuten. Der Arzt informiert mich über die Schritte, die ich gehen muss, wenn ich es nicht behalten möchte. Ich solle gründlich darüber nachdenken und in mich gehen. Auch dieser Arzt tritt mir absolut wertfrei gegenüber. Ist er tatsächlich so abgebrüht oder verbietet ihm seine Professionalität mir wirklich ins Gewissen zu reden? Er erklärt mir auch den Grund für meine brutalen Bauchschmerzen und die Übelkeit und verschreibt mir ein Medikament, das ich mir sofort besorge, sobald ich wieder in der Innenstadt ankomme. Die Apothekerin fragt mich unverfroren ob ich schwanger bin als sie mir die Einnahme des Medikaments erläutert.

„Ja."

Das war's. Es ist mir wirklich über die Lippen gekommen. Und es war gar nicht schlimm. Tatsächlich war es sogar schön und es fühlte sich gut an meine Schwagerschaft so offen zuzugeben. Ich schwebe aus der Apotheke nach Hause. Die Medizin wirkt sofort und plötzlich fühle ich mich wieder wie ein normaler Mensch. Die Schmerzen sind wie weggeblasen und durch die düstere Schmerzwolke der letzten Tage bricht ein dünner Strahl fahles Licht. Mir geht es besser. Mein Verstand hat sich bereits entschieden, mein Herz ist zerrissen. Vorher ist es mir nie aufgefallen, aber die Welt ist voller Schwangerer und Kleinkinder. Plötzlich sehe ich in der Stadt nur noch Frauen mit rundem Bauch oder Frauen, die einen Kinderwagen durch die Gegend schieben. Im Bus, in der Bahn, im Supermarkt und auf der Straße. Überall ist diese neu entdeckte Spezies und ich bin fasziniert und ängstlich zugleich. Ich versuche den Schwangeren nicht allzu unverhohlen auf den Kugelbauch zu starren, aber die Bäuche sind wie Magneten und ich bin der Gegenpol. Am nächsten Tag nehme ich den Termin bei der Krankenkasse war, den ich vereinbart hatte. Ich will das Organisatorische so schnell wie möglich hinter mich bringen und das Tun fühlt sich allemal besser an als das tatenlose, verzweifelte Rumsitzen zu Hause. Erneut fahre ich mit dem Bus in einen Stadtteil, den ich vorher noch nie betreten hatte. Wozu auch? Hier gibt es nichts außer Wohnhäuser und Gebäude von Versicherungen. Und eben meine Krankenkasse. Bei der Rezeption im Empfangsbereich versuche ich der Dame Mitte fünfzig mein Anliegen so diskret wie möglich zu schildern. Sie schickt mich ein paar Stockwerke höher und ein paar Zimmer weiter. Ich betrete das Großraumbüro und da winkt mich ein freier Mitarbeiter auch schon zu sich. Auch das noch! Ein junger Kerl mit naturblonden Haaren und unschuldigem Holzfällerhemd. Der ist vielleicht genauso alt wie ich. Ich will mein Pech nicht glauben, aber meine Miene wird meine Gedanken nicht spiegeln und Kälte ist meine liebste Maske, die mir jetzt nur allzu gelegen kommt. Gott sei Dank nimmt er seine Arbeit ernst und er begrüßt mich mit einem professionellen Sie als Anrede. Ich setze mich. Kurz und knapp, leise aber bestimmt, schildere ich ihm den Grund, warum ich jetzt und heute ihm hier gegenübersitze. Trotz aller Bestimmtheit vermeide ich es ihm in die Augen zu sehen. Er ist noch so jung! Ob er wohl arg schlecht von mir denkt? Ich bin ihm sehr dankbar für seine Professionalität, die uns das Ausfüllen des Antrags auf Kostenübernahme des Schwangerschaftsabbruchs schnell und reibungslos über die Bühne bringen lässt. Als ich mich bedanke, verabschiede und auf den Weg nach Hause mache, bete ich, dass mich der junge Herr so schnell wie möglich vergessen möge. Mir bleiben daran jedoch Zweifel und ich frage mich, ob er an mich denken wird, wenn er mit seinen Kollegen in der Mittagspause zusammen isst. Und ich frage mich, ob er an mich denken wird, auch wenn er die gläsernen Flügeltüren, die ihn in den Feierabend entlassen, bereits durchschritten hat. Ich hoffe es nicht. Und ich hoffe, dass das nicht so ist. Zwei Tage später bin ich einmal wieder mit Roman bei ihm zuhause verabredet. Ich versuche mir nichts anmerken zu lassen. Als mich Roman zur Begrüßung fest an sich drückt, spüre ich überdeutlich meinen Bauch, der an seinen gepresst wird. Den Abend frage ich mich oft, ob ich es ihm sagen soll, aber wie so viele andere Dinge, wird diese Information meine Lippen nicht verlassen können. Ich scheine meine Rolle so gut zu spielen wie eh und je, denn Roman spricht mich nicht darauf an, ob irgendetwas nicht in Ordnung sei. Ich gehe jetzt zwar wieder zur Schule, aber das Drama der ersten Tage scheint sich zu wiederholen, sobald ich zuhause bin. Ich weine jeden Tag stundenlang. Meine Trauer scheint kein Ende zu finden und meine Verzweiflung keinen Boden zu besitzen, der auf mich wartet. Kein Boden, auf den ich aufschlagen und zerbrechen kann. Als wäre mein Schmerz für alle Ewigkeit in mein Sein gemeißelt. Und irgendwann halte ich es nicht mehr aus. Zwei Tage nach unserem Treffen nehme ich mein Handy in die Hand und schreibe Roman.

„Hallo. Ich habe eine Frage", schreibe ich zu Beginn, „hast du mich jemals angelogen? Wie kann ich dir vertrauen?"

Jetzt ist es zu spät. Jetzt habe ich auf Absenden gedrückt und kann die Nachricht nicht mehr ungeschehen manchen. Roman scheint zu Hause zu sein und Zeit für mich zu haben. Er schreibt direkt zurück.

„Mia, ich hatte ein Messer an deinem Hals. Ich vertraue dir und antworte wahrheitsgemäß. Und es gibt nichts, bei dem ich nicht ehrlich zu dir war. Weswegen fragst du?"

Ich fasse mich ans Herz.

„Du hast mir gesagt, dass du keine Kinder bekommen kannst. Wie sicher bist du dir damit?"

Mein Herz pocht wie wild.

„99,9 Prozent", mein Herz sackt in die Hose und Tränen strömen aus meinen Augen heraus meine Wangen hinab, „ist dir wohl morgens übel?"

„Ich kann mir das auch nicht erklären", versuche ich zu flüchten. „Aber ich habe einen Test gemacht und war bereits beim Arzt. Es ist also sicher", ergänze ich.

„Lächel. Was ist sicher?"

„Dass ich schwanger bin."

„Was bist du?", Roman scheint aus allen Wolken zu fallen, „oh mein Gott. Das glaub ich nicht. Das ist nicht dein Ernst. Glückwunsch."

Das kann ich wiederum nicht glauben. Wozu Glückwunsch? Ich durchlebe grade die Hölle und er beglückwünscht mich als hätte ich Geburtstag. Irgendwie freue ich mich aber auch seine Worte zu lesen. So positiv und erfreut. Ohne jegliche Verurteilung. Davor hatte ich nämlich große Angst. Ist das nicht sogar die Art und Weise, von der eine Frau träumt, dass ihr Mann die freudige Nachricht aufnehmen wird? Wenn man in einer festen Beziehung leben würde? Wenn man geliebt werden würde? Meine Gedanken machen mich so traurig. Sie rufen die Traurigkeit zu sich, sehnen sich nach ihr wie nach den Armen des schicksalshaften Liebhabers.

„Naja, das muss ja nichts heißen", ich mache fahle Andeutungen. Ich will seine Glückwünsche einreißen, denn so viel Freude hat er nicht verdient während ich so unglücklich bin.

„Wie das muss ja nichts heißen? Was meinst du damit?"

„Ich werde es nicht behalten."

„Oh man, aber ich hoffe du machst keine unüberlegten Sachen. Oh man, ich bin grade total durch den Wind. Aber ich freue mich für dich. Seit wann weißt du es denn?"

Er kann es wohl nicht sein lassen. Das hasse ich wie die Pest.

„Seit zwei Wochen ungefähr", gebe ich zu.

„Und da sagst du kein Wort. Dann hätte ich noch fünf Omelette machen können beim letzten Mal."

Ich muss lächeln. Und weinen. Und es hört nicht auf.

„Dann hast du ja schon eine Kugel in sechs Monaten."

Bilder von Roman, der sanft seine schützende Hand auf meinen prallen Babybauch legt, drängen sich in meinen Kopf. Das tut so weh.

„Nein. Ich habe doch gesagt ich werde es nicht behalten."

So langsam werde ich wieder richtig wütend auf ihn. Warum tut er mir das an?

„Oh man. Warum denn nicht???? Das ist doch ein Geschenk."

Ich muss noch mehr weinen.

„Nein, ist es nicht!"

„Triff keine voreiligen Entschlüsse!"

Als ob ich so eine Entscheidung leichtfertig treffe!

„Was soll das alles? ", ich weiß meine Wut ist ihm gegenüber nicht gerechtfertigt, aber ich kann sie nicht im Zaum halten, „das kannst du dir echt sparen."

„Wie was das soll? Ich dachte ich kann dir irgendwie behilflich sein. Das sollte das!"

„Nur weil ich dir das jetzt gesagt habe, heißt das nicht, dass du damit irgendetwas zu tun hast", es tut gut meine Wut an ihm auszulassen.

„Man, das weiß ich. Aber was wäre wenn ich...? Würdest du es dann auch nicht behalten? Sag ehrlich."

Tränen.

„Ich weiß einfach nicht von wem es ist. Und wenn ich daran denke, wer alles in Frage kommt, wird mir so schlecht und ich könnte kotzen."

„Verstehe. Das wusste ich nicht. Was kann ich jetzt tun außer dir anzubieten für dich da zu sein wenn du willst?"

Noch mehr Tränen. Warum muss ich dieses Leben leben?

„Du kannst nichts für mich tun."

Eiskalt.

„Ich fühle mich jetzt irgendwie blöd."

„Du musst dich doch nicht schlecht fühlen jetzt."

„Ja ich weiß", und dann kommen die Worte, die mein Herz lächeln und weinen lassen zugleich, „aber ich wäre sogar stolz darauf mit dir ein Kind zu bekommen."

„Das sagst du doch jetzt nur so", ich will das einfach nicht glauben.

„Doch, ganz ehrlich. Das ist mein Ernst. Aber wieso wird dir schlecht bei dem Gedanken, wer es sein könnte? Sei bitte auch ehrlich."

Immer diese Fragen.

„Weil ich diese Menschen hasse."

Knallhart. Aber die Wahrheit. Mehr gibt es dazu nicht hinzuzufügen.

„Hm, das verstehe ich jetzt gerade nicht ehrlich gesagt. Dass du dich noch anderweitig triffst weiß ich und ist mir durchaus bewusst und klar. Aber rede bitte Klartext. Ich bin und war und werde immer ehrlich zu dir sein. Und ich vertraue dir. Dein Roman."

Was soll das denn jetzt? Wie kann man das nicht verstehen? Das ist mir wirklich schleierhaft. Und das lasse ich ihn auch wissen.

„Was soll man an meiner Aussage nicht verstehen? Ich hasse diese Menschen und allein der Gedanke an diese Personen führt dazu, dass ich kotzen könnte!"

„Verstanden. Es geht mich ja nichts an, aber warum triffst du dich dann mit denen, wenn du dich so fühlst? Und bedeutet das auch, dass dir schlecht wird, wenn du dir vorstellst von jemanden wie mir...?"

Ja, warum? Eine gute Frage, die ich ihm nicht beantworten kann. Er würde das nicht verstehen. Verstehe ich es denn? Roman tut mir leid. Diese Hoffnung wichtiger zu sein als es scheint ist wie ein Spiegel, in den ich jeden Tag blicke und der verschwommen bleibt.

„Dich mal ausgenommen", gebe ich zögerlich zu.

„Wie mich mal ausgenommen?"

Hoffnung. Ohne Glaube.

„Bei dir würde ich mich vielleicht sogar ein bisschen freuen", das fällt mir schwer.

„Oh, ich sogar mehr als nur ein bisschen."

Ich muss lächeln und stelle mir vor wie Roman dieses Lächeln erwidert.

„Das Problem wäre nur, du müsstest dich tagtäglich mit meinen Kochkünsten rumquälen. Weil ich darauf bestehen würde, dass das leere Zimmer in meiner Wohnung in rosa oder blau gestrichen wird. Und außerdem würdest du zunehmen, wenn ich ständig für dich koche."

Ich kann mir Romans Euphorie und Freude bildlich vorstellen. Er zieht mich zu sich heran, saugt mich in seine Vorstellungen hinein und ich muss wieder anfangen zu weinen. Ich verschließe die Tür zu diesen

Bildern. Ich kann das nicht. Ich darf das nicht. Ich weiß, dass es ihn verletzen wird.

„Ich denke nicht, dass es dazu kommen wird."

„Ja, was soll ich dazu schon sagen? Ich weiß du hast deinen eigenen Kopf und wenn du Nein sagst, dann meinst du es auch so." Da hat er vollkommen recht. Leider.

Die Tür geht immer wieder auf. Ich kann mich nicht dagegen wehren und ich sehe Wege, die mein Leben nehmen könnte, die ich vorher nie für möglich gehalten hätte. Die Bilder und Geschichten sind wunderschön und gleichzeitig kann ich mir im Leben nicht vorstellen, dass diese Gefühle von Sicherheit und Geborgenheit tatsächlich Realität werden könnten. Ich kann mir nicht vorstellen, dass Menschen tatsächlich solche Leben führen. Worte können nicht beschreiben wie schön und grausam zugleich Träume sein können. Sie erhängen mich mit einem Lächeln. Als wäre der Tod Notwendigkeit für das Glück.

Es ist Weihnachten. Heiligabend. Ichs sitze wie jedes Jahr mit meiner Familie im festlich geschmückten

Wohnzimmer meiner Eltern. Ich liebe die mit den in den letzten Jahrzehnten gesammelten Kugeln und allerlei anderen Schmuck behangene, stattliche Tanne, die ihren Duft, den es nur einmal im Jahr zu riechen gilt, im gesamten Raum verteilt. Ich liebe die liebevoll bestückte und mit wohlig weichem Moos ausgelegte Krippe, den von meiner Mutter bestückten Weihnachtskranz und die aberhundert Kerzenlichter, die das Zimmer mit einem warmen Licht wie von einem feurigen Sonnenuntergang beleuchten. Nie ist unser Wohnzimmer so schön wie an diesem Tag im Jahr. Die ganze Familie sitzt am festlich gedeckten Esstisch und wir unterhalten uns gut, ich trinke keinen Wein. Langsam neigt sich das Festessen seinem Ende und wir setzten uns gesammelt auf das einnehmende Sofa, bereit um die zahllosen Geschenke auszupacken, die in wunderschönes Papier und Bänder verpackt, den Stamm des Weihnachtsbaums verstecken und ein Bild wie aus einem Bilderbuch bescheren. Ich nehme all meinen Mut zusammen. Schon den ganzen Tag und Abend war ich aufgeregt, konnte das Essen kaum genießen, den Gesprächen kaum lauschen. Nervös spiele ich mit meinen langen Haaren, die mir über die Brust auf den Bauch fallen, den ich unter einem großen Pullover verstecke.

„Bevor wir mit dem Auspacken anfangen, muss ich etwas sagen." Alle Augen sehen mich an. Es ist ganz still geworden und ich denke jeder weiß, dass es etwas Ernstes ist. Plötzlich kann ich nichts mehr sagen, ich kann nicht mehr sprechen und mein Mund lässt sich einfach nicht öffnen.

Meine Mutter trifft ins Schwarze als sie fragt: „Bist du etwa schwanger?"

Plötzliche fange ich an zu schluchzen und kann nur noch bejahend nicken. Meine Mutter springt auf und nimmt mich in den Arm. Auch sie hat Tränen in den Augen.

„Ach Mia, das ist ja toll. Das ist ja eine Nachricht." Jedem steht der Schock im Gesicht, aber jeder rückt ganz nahe zu mir hin und wir bilden eine große, einzige Umarmung.

„Wie weit bist du denn schon? Ach mein Mädchen, warum hast du denn nicht früher etwas gesagt?"

Ich werde mit Fragen aus weinenden und lachenden Gesichtern überstürzt. Ich versuche alle zu beantworten und irgendwann fällt das Wort natürlich auch auf den Vater. Und so ziehen in einem Moment gleich zwei neue Mitglieder in unsere Familie ein. Das Baby. Und Roman.

Ich dachte immer, dass sie angesichts des Altersunterschieds Vorbehalte haben werden, aber in der Impulsivität des glücklichen Augenblicks liegt nur reine Vorfreude darauf ihn kennenzulernen. Den Vater ihres zukünftigen Enkelkinds. Die Geschenke rücken an diesem Abend in den Hintergrund und meine Familie verliert sich in Philosophiestudien über Zeiten, die in naher und ferner Zukunft liegen. Wie es wohl aussehen wird? Wie es wohl heißen wird? Ob es ein Junge oder ein Mädchen wird? Was für ein Mensch es wohl wird? Über künftige Besuche des Spielplatzes, des Ballparadieses und darüber welche Lieblingsbücher und -filme man wohl als erstes schenken darf. Ich bin überglücklich. Plötzlich werde ich gesehen als das, was ich bin. Und als ob sehen nicht ausreicht, werde ich dafür auch noch in den Arm genommen und beglückwünscht. Plötzlich ist die Wärme, die Liebe heißt, wirklich spürbar und ich kann mein Glück nicht in Worte fassen. Ich bin so glücklich, dass ich mich auf die Zukunft freue.

Jeden Tag lese ich mich wie ein Drogenabhängiger in das Entwicklungsstadium im Mutterleib ein. Jeden Tag lerne ich, was für Organe und welche Fähigkeiten sich jetzt gerade ausbilden und jedes Wort auf dieser Webseite für angehende Mütter ist wie Gift für mein Herz. Ich lese stundenlang in Foren mit, sehe mir Videos und Dokumentationen über Schwangerschaft an. Ein Satz einer Userin in einem Forum zum Thema Schwangerschaftsübelkeit trifft mich. Tief. Je größer die Schmerzen und die Übelkeit im ersten Trimester seien, desto bestimmter hätte sich das Kind eingenistet. Desto stärker will es leben. So sehr, dass man es herausreißen muss, damit es wieder geht. Ich führe innere Dialoge und Listen über mögliche Namen. In meinem Kopf gibt es eine sehr lange Liste an Mädchennamen und eine etwas spärlichere Liste an Jungennamen. Wenn ich ein Kind bekommen würde, dann würde ich wahrscheinlich lieber einen Jungen bekommen wollen als ein Mädchen. Bei einem Mädchen hätte ich zu viel Angst davor, dass es so wird wie ich. Das würde ich nicht wollen und es würde mir das Herz brechen den Weg des eigenen Kindes so mit anzusehen zu müssen.

Einen Tag nach meinem Gespräch mit Roman habe ich meinen Termin bei der Schwangerschaftsberatungsstelle. Eine weitere Station auf dem Weg zum Abbruch. Das Gebäude ist mir vertraut, hier war ich schon einmal beim Arzt. Das dieses Haus jetzt so eine andere Bedeutung für mich bekommt, hätte ich mir nicht erträumt. Die blonde Frau Mitte dreißig, die mich in Empfang nimmt und in ein hübsch eingerichtetes Sprechzimmer führt, ist wirklich sehr freundlich und ich habe nicht das Gefühl als Schauspielerin anzutreten. Jeder hier weiß, warum ich hier bin. Ich setze mich in den dunkelgrauen Sessel, der einem Therapiezimmer entsprungen scheint. Die blonde Frau setzt sich mir gegenüber. Sie nimmt mir die Einleitung ab und fragt mich dann jedoch, ob ich etwas über mich und meine Situation erzählen könne. Ich versuche offen zu sein. Ich versuche es. Ich sage ihr, dass ich grade eine Ausbildung angefangen habe, dass ich gesundheitliche und psychische Probleme habe, dass ich nicht vorhabe jetzt ein Kind zu bekommen.

„Was sagt denn der Vater dazu?"

Da kann ich nicht offen sein. Stattdessen sage ich, dass wir keine feste Beziehung haben. Dass er sich jedoch gefreut hat über die Nachricht. Sie meint zu mir, dass ein Kind kein Grund ist eine Ausbildung nicht abzuschließen.

Sie meint es sei ja ein gutes Zeichen, dass der Vater mich wohl unterstützen würde. Dann wäre ich nicht ganz alleine. Und sie lässt mich wissen, dass ich hier auch ganz viel Unterstützung bekommen würde. Beziehungsweise dass man mich auch an andere begleitende Organisationen weiterleiten könnte. Das finde ich schön zu hören. Es ist eine schöne Vorstellung nicht alleine zu sein und es ist auch irgendwie schön mit der Frau über die Beziehung zum Vater zu sprechen. Es gibt nur einen Haken. Das ist nicht die ganze Wahrheit. Wenn sie alles über mich wüsste, würde sie mir dann immer noch genauso hilfreich gegenübertreten? Roman ist eben vielleicht nicht der Vater und ich kann kein anderes Kind austragen. Ich könnte ein Kind von Roman lieben und dafür leben. Ein Kind nur von mir alleine reicht da nicht. Beim Gehen bedanke ich mich herzlich und als ich wieder auf der Straße stehe sind meine Zweifel jedoch nur größer geworden. Dabei weiß ich doch ganz genau, dass jeder Zweifel an meiner Entscheidung nichts ändern wird. Einmal abgesehen von der Vaterfrage ziehen die körperlichen Veränderungen, die mit einer Schwangerschaft einhergehen, meinen Lebenswillen in einen tiefen Abgrund. Ich hasse meinen Körper jetzt schon mit all seinen Narben. Als ich jünger war hatte ich allein aus diesem Grund schwere Selbstmordgedanken. Wie sollte das nur werden, wenn nun noch mehr Narben dazukommen? Aber vielleicht würde auch alles ganz anders kommen. Manchmal streiche ich über meinen Bauch, an dem ich eine leichte Veränderung feststellen kann, und muss lächeln. Durch meine ganzen Fressattacken der letzten Wochen habe ich spürbar zugenommen, aber irgendwie fühle ich mich gar nicht so schrecklich. Irgendwie fühle ich mich vollkommen und ganz. Vielleicht würde sich mein Leben auch zum besseren wenden. Vielleicht würde ich mit Liebe vertraut und könnte mich daran gewöhnen ich selbst und nicht alleine zu sein. Vielleicht könnte ich mit Roman zusammenleben. Aber was wenn nicht? Der Tag verschwimmt und zwei Tage später habe ich meinen nächsten Frauenarzttermin. Wieder sitze ich im gleichen Wartezimmer und hier scheint die neuerliche Invasion der Gesellschaft durch Frauen mit Babybäuchen konzentriert zu sein und vermehrt aufzukommen. Der Stuhl neben mir ist leer, aber in meinem Kopf spielt ein Film von einer nahen Zukunft. Mein Bauch ist jetzt auch kugelrund und neben mir sitzt Roman, der sich liebevoll um mich kümmert. So wie der Mann der Schwangeren, die mir gegenübersitzt. Der Film ist schön. Die Realität tut weh. Im Behandlungsraum wird wieder ein Ultraschall vom Mutterleib gemacht. Diesmal ist der Punkt größer. Aus einer Rosine ist eine Traube geworden. Wieder werden meine Augen feucht und wieder ist der Augenblick viel zu schnell vorbei. Wieder wünschte ich die Zeit anzuhalten und den Moment einfrieren zu können. Doch diesmal war ich vorbereitet, lies mich nicht ablenken und hab die paar Sekunden so intensiv auf das Ultraschallbild gesehen, dass ich mich später an die Traube deutlicher erinnern werden können als an die Rosine. Als ich dem Arzt wieder gegenübersitze, nehme ich all meinen Mut zusammen und frage ihn eine Frage, die ich mir schon die ganze Zeit über stelle.

„Mein Partner meinte eigentlich, dass er keine Kinder zeugen kann, deswegen verstehe ich das nicht."

Die Reaktion des Arztes überrascht mich. Er lacht.

Er lacht und meint dann belustigt: „Wissen Sie wie oft ich schon Paare hier hatte, die mir haargenau das gleiche erzählten? Ich meine bei einer Vasektomie, bei der die

Samenleiter durchtrennt werden, ist eine Schwangerschaft wirklich selten und kommt nur bei etwa einem von eintausend Fällen vor. Aber bei einer solchen Feststellung lediglich aufgrund eines Spermiogramms ist das viel häufiger der Fall. Oft hat das nicht wirklich viel zu sagen."

Ich bin platt. In mir regt sich ein Funken Glück. Das wäre ja der Wahnsinn. Ich muss Roman unbedingt fragen, warum er so sicher ist keine Kinder bekommen zu können. Auf dem Weg nach Hause gehe ich noch zu H&M, weil ich ein neues weißes Shirt für die Schule brauche. Das erste ist bereits grau und verwaschen und als Kosmetikerin sollte man gepflegt auftreten, auch wenn es sich nur um den Unterricht während der Ausbildung handelt. Ich muss in den ersten Stock. Ganz unten ist die Kinderabteilung. Das ist mir vorher noch nie aufgefallen. Ich kann es nicht lassen und plötzlich streife ich durch die Kleiderständer mit den winzigen Hosen, Shirts, Bodies und Socken. Da hängt ein grauer Pullover mit roten Luftballons bedruckt. Der ist total süß. Meine Finger streichen über den weichen Stoff und ich bin ernsthaft am überlegen ihn mitzunehmen. Wie es sich wohl anfühlen würde Babykleidung zu kaufen? Die

Sachen tatsächlich mit nach Hause zu nehmen, weil in ein paar Monaten tatsächlich ein neuer Mensch in das Leben tritt? Gewaltsam ziehe ich meine Hände zurück und zwinge mich dazu den Laden wieder zu verlassen. Das Shirt für die Schule ist dabei auch vergessen. Ich muss mir nichts kaufen und erst recht nichts für Kinder! Es ist früher Abend und ich liege in meinem Bett.

„Darf ich dich was fragen?", wird an Roman gesendet.

„Ja, klar. Was gibt es?"

„Als du sagtest, dass ich von dir nicht schwanger werden kann... wie sicher bist du dir? Hattest du einmal einen Eingriff?"

„Seit 2001. Es ist so."

Ich weine und weine und weine, während ich meiner Welt und meinen Träumen beim Zerbrechen zusehe. Ich hasse diesen Teil in mir, der seine Hand nach dem kleinen grauen Pullover ausstreckte. Zur Strafe werde ich heute bluten. Damit ist meine Entscheidung besiegelt. Es gibt nichts mehr, das daran rütteln könnte. Am nächsten Abend bin ich wieder einmal bei Roman und während wir uns küssen drückt er meine Brust. Es tritt weiße

Flüssigkeit aus. Roman drückt fester. Es tritt mehr weiße Flüssigkeit aus. Mir wird schlecht. Mir wird schwindlig und als Roman bemerkt, dass ich kurz vor einem Kreislaufzusammenbruch stehe, bringt er mich ins Schlafzimmer nebenan und legt mich behutsam aufs Bett.

„Da bist du ganz schön erschrocken, als da plötzlich Milch rauskam oder?"

Wie kann man sich nur so darüber freuen und mich so fröhlich dabei ansehen?

„Ruh dich noch ein bisschen aus. Ich mache dir solange einen Tee."

Ich zittere.

Roman und ich stehen vor dem schicken italienischen Restaurant, das sich an das wunderbar alte Kloster anschmiegt, das auf einem der vielen Hügel meiner Stadt thront. Es ist Frühling, die großen prächtigen Bäume stehen in voller Blüte. Von hier oben hat man einen wunderschönen Blick über die Stadt. Der warme Wind bläst sanfte Brisen durch mein langes Haar. Ich sehe toll aus. Ich sehe schlank aus. Nur der Bauch wölbt sich prall nach vorne und meine Babykugel wird durch das enge

Shirtkleid wunderschön in Szene gesetzt. Während wir auf die anderen warten, streicht mir Roman immer wieder über den Bauch. Er gibt mir einen Kuss. Ich strahle. Dann endlich biegen sie um die Ecke und kommen fröhlich auf uns zu. Meine Familie, inklusive meiner Lieblingstante und meines Opas. Wir werden herzlich begrüßt. Jeder gibt mir Komplimente wie gut ich aussehe. Wie sehr ich strahle. Dann begeben wir uns geschlossen in den offenen Garten des Restaurants, dessen Tische von alten Platanen gerahmt, perfekte Bühnenränge für das Theater der Stadt darstellen. So schön die Aussicht jedoch auch ist, wir schenken ihr nur wenig Aufmerksamkeit. Zu sehr sind wir in die Gespräche verstrickt. Es werden Neuigkeiten ausgetauscht und vor allem das Baby ist das beherrschende Thema des lauen Sommerabends. Normalerweise war ich immer eher jemand, der still und leise danebensitzt und zuhört, wenn sich Menschen treffen, um eine Zeit in Geselligkeit zu verbringen. Durch das Baby bin ich plötzlich in den Mittelpunkt der Aufmerksamkeit gerückt. Das ist neu für mich. Aber ich genieße auch das Interesse an mir und meinem Leben. Ich habe das Gefühl wahrgenommen zu werden und wirklich ein ebenbürtiger Teil der Gemeinschaft zu sein. Meine Tante ist so lieb und überreicht mir sogar ein kleines Geschenktütchen. Als ich kurz hineinspitze, kann ich Kleidung für den kleinen Wurm entdecken. Ich freue mich unheimlich und bedanke mich aufrichtig. Wie es denn jetzt heißen soll, möchte jeder wissen. Roman und ich sehen uns geheimnisvoll an und lächeln, weil wir wissen, dass wir es bis zur Geburt niemanden verraten werden. Das Geschlecht wurde bereits enttarnt. Es wird ein Mädchen. Auch wenn ich immer einen Jungen wollte. Seitdem Roman mir anvertraute, dass er immer schon ein Mädchen als Kind haben wollte, habe auch ich mir lieber ein Mädchen gewünscht. Aber der Name, der wird nicht verraten. Meine Familie spielt enttäuscht, ist sich aber nach einigen erfolglosen Versuchen den Namen zu erraten einig, dass sie sich wohl einfach noch ein bisschen gedulden muss. Ob ich Angst vor der Geburt habe, werde ich auch gefragt. Ja, schon. Aber Roman hat mir in den letzten Monaten so viel Zuversicht gegeben, dass ich dem Ereignis freudig entgegensehe und fest daran glaube, dass alles problemlos über die Bühne gehen wird und es mir und dem Kind gut ergehen wird. Außerdem kommen Fragen über das Kinderzimmer, die Elternzeit, Erziehungswerte, Träume, Wünsche und Hoffnungen. Über dem heiteren Abendessen schwingt *pures Glück. Roman hatte recht. Ich bin reich beschenkt und ich kann mich glücklich schätzen so eine tolle, unterstützende Familie, so einen wundervoll liebenden Partner und so ein gesegnetes Wunder in meinem Bauch zu haben. Ich bin einfach nur glücklich.*

Wir sind im Wohnzimmer meiner Großeltern. Meine Familie, Verwandte, Roman, ich und unser Baby. Während ich mit meiner Schwester und meiner Mutter auf dem Sofa sitze und wir uns angeregt unterhalten, hat Roman unser Baby auf dem Arm und läuft beruhigend wippend im Raum auf und ab. Mit einem dümmlichen Lächeln auf den Lippen und einem freudesprühenden Gesicht, sieht man mir ganz genau an wie verliebt ich in die beiden bin. Roman hat eine knallrote Erdbeere in der Hand und versucht sie der kleinen Maus auf seinem Arm schmackhaft zu machen.

„Na, ich wette du magst Erdbeeren genauso sehr wie deine Mama", er hält ihr die rote Frucht direkt vor die Nase, woraufhin sie mit ihren winzigen Händen versucht die Frucht zu greifen und mehr oder weniger kauend darauf herum zu beißen.

Roman sieht auf und strahlt mich an.

„Ha, ich hab's doch gesagt. Wie die Mama. Dann muss ich wohl in Zukunft noch mehr Obst einkaufen, als ich es sowieso schon tue."

Wir lachen. Die beiden sind einfach so süß. Und das Schönste ist, dass ich die gleiche Liebe, die ich für die beiden hege, auch in Romans Augen lesen kann. Niemals hätte ich mir nur davon zu träumen gewagt so ein Leben zu führen.

Ich wähle die Nummer der Klinik. Die Frau am anderen Ende der Leitung fragt mich , warum ich den Termin zum Abbruch erst in zwei Wochen wahrnehmen möchte. Ich müsse arbeiten. Früher gehe nicht, behaupte ich. Das ist gelogen. Ich will es nur so lange wie möglich hinauszögern. Dabei weiß ich doch ganz genau, dass ich dem Termin nicht entkommen kann. Ich lege auf. Jetzt gibt es kein Zurück mehr. Als ich ein paar Tage später wieder mit Roman bei ihm verabredet bin, spüre ich wie schwer es ihm fällt mich nicht in eine andere Richtung zu drängen. Sagen tut er nichts. Aber ich spüre es in der Art, mit der er mich umarmt und in seinen Armen hält. Es ist anders. Ich habe das Gefühl ihm wichtiger geworden zu sein. Noch zwei weitere Male während meiner Schwangerschaft treffe ich mich mit Roman bei ihm zuhause. Ein letztes Mal Baden mit Baby im Bauch. Als wir abends im Bett liegen bin ich schlecht gelaunt und lege mich absichtlich so weit weg von Roman wie in dem Doppelbett nur möglich.

„Ach komm mal her", Roman zieht mich mit seinen Armen zu sich ran, „weißt du, ich finde das ist ein großer Verlust. Stell dir vor deine Mutter hätte dich nicht gewollt."

Daraufhin bleibt mir jedes Wort, jedes Gefühl, jede Träne im Hals stecken und ich erwidere nichts darauf. Im Stillen gebe ich ihm recht. Aber wenn ich nicht zu meiner Entscheidung stehe, wer erlöst mich dann für mich? Niemand. Am Morgen machen wir uns bereit, dass mich Roman nach Hause fährt. Heute hat er Zeit dafür, denn es ist Feiertag. Als ich in fertig angezogen in seinem Flur stehe und auf ihn warte, bereite ich mich innerlich auf das vor, was jetzt kommt. Ich weiß nicht, ob es hilft. Jetzt kommt er endlich. Mit dem Geld für die Nacht in seiner

Hand. Er will es mir geben. Demonstrativ behalte ich meine Hände in meinen Jackentaschen. Ich will das nicht.

„Ich will das nicht mehr."

Perplex sieht er mich an.

„Bist du dir sicher?"

„Ja", ich nicke.

Da nimmt mich Roman fest in den Arm. Er drückt mich so fest an sich, dass ich Angst habe zu platzen. Dann küsst er mich auf die Stirn und lässt mich los. Wir wissen beide wohl nicht recht was wir dazu sagen sollen und so machen wir uns fertig und gehen nach draußen zu seinem Auto. Er lacht, als wir losfahren.

„Ich muss sagen ich bin echt platt. Damit habe ich nicht gerechnet", er sieht lächelnd zu mir herüber. Ich lächle zurück. Dann bringe ich die Sprache auf den morgigen Tag. Ich sage ihm noch einmal wann und wo er mich abholen soll.

„Ach, ist das wirklich schon morgen", Roman spricht das aus, was ich denke.

Trotzdem bin ich dankbar, dass er sich dazu bereit erklärt hat mich von der Klinik nach dem Eingriff abzuholen. Ich hätte es nicht übers Herz gebracht meine Mutter darum zu bitten. So bleibt die Sache unter uns und ich muss niemandem davon erzählen.

Zuhause angekommen packe ich meine Kliniktasche fertig, die schon seit ein paar Tagen bereitsteht. Bequeme Kleidung, ein Nachthemd oder ein langes Shirt, meine Bescheinigung über den wahrgenommenen Beratungstermin und das Formular meiner Krankenkasse, viele Monatsbinden. In mir ist eine Leere, die bodenlos scheint. Einmal mehr kann ich es nicht fassen, das das mein Leben sein soll. Einmal mehr kann ich nicht fassen, was ich bin und was ich tue. Die Welt ist bevölkert von Millionen von Menschen, aber ich bin allein. Tränen kommen keine mehr. Beinahe sehne ich mich nach ihnen Zurück. Damals war ich wenigstens noch ein Mensch mit Gefühlen. Schlafen kann ich wie erwartet nicht und ich denke mich diffus durch die Nacht. Bis mein Wecker um fünf Uhr klingelt und ich endlich aufstehen kann. Langsam aber sicher mache ich mich für den Tag bereit, der heute auf mich wartet. Als ich duschen gehe, überkommt mich ein bedrohlicher

Impuls den Augenblick irgendwie festzuhalten. Und so schieße ich ein paar Bilder von meinem Bauch und von mir. Nackt im Spiegel. Mit meinem Bauch. Ich weiß nicht, ob ein Fremder einen Unterschied zu vor ein paar Wochen erkennen könnte. Aber ich weiß, was anders ist. Besser geht es mir mit den Fotos nicht. Auch später nicht, denn alles was sie tun ist den Schmerz wieder an die Oberfläche zu holen. Heute darf ich keine Gefühle zeigen. Alles, was ich heute tun muss, ist zu überleben und mich dem Rhythmus des Tages fügen. Als ich das Haus verlasse und mich zu Fuß auf den Weg zum Bahnhof mache, beginnt der Himmel gerade von der Nacht in den Tag überzugehen. Tausende schreiende Krähen fliegen über mich hinweg in die ferne Dämmerung hinein. Schreien den Himmel lebendig. Wie eine anklagende Prozession. Die schrillen Schreie markieren den Puls meines ängstlichen Herzens. Als ich endlich im Zug sitze, bin ich erleichtert. Den ersten Schrecken habe ich erfolgreich gemeistert. So soll es weitergehen. Das Fenster im Zug zeigt mir ein Bild, das seine Farbe von dunkelgrau zu hellgrau wechselt, aber Details nehme ich nicht war. Mein Herz klopft als ich ankomme und den Taxistand suchen muss. Vielleicht lebe ich ja wirklich noch. Die Suche war genau genommen nicht schwer. Wie überall stehen genügend Taxis vor dem Bahnhofsgebäude. Ich steige ein.

„Zum Klinikum bitte."

Die Stadt kann ich nicht fassen, der Fahrer neben mir ist fremd. Alles fühlt sich so seltsam unwirklich an. Die Fahrt geht viel zu schnell vorbei. Nach etwa zehn Minuten bin ich schon am Ziel und steige aus. Die Zeit vergeht zu schnell. Ich habe keine Zeit zu Denken. Die grauen Gebäude des Klinikums strecken sich in den gespiegelten Himmel. Der Komplex erscheint mir so weitläufig. Zu groß für mich. Hier kann ich nur untergehen. Weil ich mir nicht weiterzuhelfen weiß, begebe ich mich in das kleine Wärterhäuschen neben dem Einlass für PKWs. Ich reiche dem griesgrämigen alten Mann die Broschüre mit der Adresse der Praxis, zu der ich muss. Aus kalten Augen schaut er mich an.

„Ich weiß wo Sie hinwollen", er deutet mit seiner Hand hinter sich ohne den Blick dabei aus meinen Augen zu nehmen.

„Sie müssen dort hin."

Ich bedanke mich und verlasse diesen unheimlichen Ort mit der unheimlichen Gestalt so schnell wie möglich und mache mich auf in die von ihm vorgegebene Richtung. Dort befindet sich tatsächlich mein Ziel. Von außen sieht die Praxis so unscheinbar aus. Genau wie die identischen Gebäude, in dessen Reihe sie sich wie auf einer Perlenschnur eingliedert. Ich steige die wenigen Stufen nach oben und trete ein. Es gibt keinen Flur und nach dem Eintreten steht man direkt im Eingangsbereich mit Rezeption. Links in der Ecke fällt mir gleich die Familie auf, die sich mit traurigem Blick um eine junge, dunkelhaarige Frau drängt. Die Energie hier ist ganz seltsam. Alles erscheint hier drückend und seltsam bedrückt. Sogar die Luft scheint in Waben aus Negativität durch den Raum zu zirkulieren. An der Rezeption drückt man mir einige Formulare zum Ausfüllen in die Hand. Halbherzig lese ich mir das alles durch, trage Romans Namen und Adresse unter Angehöriger ein. Ich bewundere meine Nachbarin dafür ihre Familie hier neben sich sitzen zu haben. Diesen Mut hätte ich nie gehabt. Nach kurzer Wartezeit werde ich sodann auch schon in das winzige Zimmer für das letzte Beratungsgespräch gebeten. Ich habe Angst. Im Internet habe ich gelesen, dass einem der Abbruch verweigert werden kann, wenn die Verantwortlichen das Gefühl haben die Patientin ist nicht bereit dafür. Da klopft es auch schon an der Tür und die Ärztin tritt ein. Eine Frau um die vierzig Jahre, mit kurzen, dunklen Locken. Sie fragt mich, ob ich mir sicher sei diesen letzten Schritt zu gehen.

„Ja", ich will mir meine Angst nicht anmerken lassen.

Wie sollte es auch anders sein? Mein Leben lang habe ich mich auf diesen Augenblick vorbereitet. Lügen, Lügen, Meisterschaft. Dann schiebt sie mir einen kleinen Zettel über den Tisch zu und bittet mich diesen ebenfalls zu unterschreiben. Ich hätte noch ein paar Minuten Zeit für mich. Ich bin geschockt, als ich die Worte vor mir lese. Wie kann so ein dünner Zettel Papier so sehr verletzen? Bis ins Mark. Ich soll mein Einverständnis geben, dass mein Baby nach dem Eingriff in einem anonymen Massengrab verscharrt werden darf. Tränen drücken sich aus meinem Herz nach oben zu den Augen. Ich darf das nicht zulassen! Mit zittrigen Fingern setzte ich meinen Namen unter den Text. Das wird man mir niemals verzeihen. Wie kann man nur so ein schlechter

Mensch sein? Ich will mir über den Bauch streicheln und zugleich will ich meinen Bauch nicht spüren. Nur nicht nachdenken! Als ich aus dem Zimmer wieder hinausgebeten werde und in den nächsten Raum geführt werde, höre ich mein Herz nicht mehr schlagen. Ab da bin ich nur noch leer. Kontrolle ist nicht mehr zu zweifeln. Der große rechteckige Raum besteht aus sechs lose abgetrennten Betten und einem kleinen Umkleideraum. Ich darf meine Sachen an dem Bett hinten in der Ecke abstellen. Wobei Bett übertrieben ist. Die Liege erinnert mich eher an eine billige Gartenliege, die meine Großeltern früher immer in ihrem Garten stehen hatten. Kurz ziehe ich mich um und streife mir mein kurzes Nachthemd über. Während ich mich in dem Raum bewege, versuche ich den anderen Frauen und Mädchen nicht zu sehr in die Augen zu sehen und so werden sie mir vor allem in Form von Stimmen und Geschichten in Erinnerung bleiben. Über mir liegt eine rothaarige Frau, die der Krankenschwester einen Teil ihrer Geschichte erzählt.

„Ich bin zwar schon fünfunddreißig, aber meine Mutter war trotzdem für mich da, als wenn ich noch ihr kleines Mädchen wäre. Sie war mit meiner Entscheidung nicht einverstanden, aber sie war für mich da und hat mich heute sogar hier hergefahren. Da hat mich sehr gefreut. Drei Stunden Anfahrt hatten wir."

Ich will das nicht hören! Ich bin bei jedem, nur nicht bei mir. Ich finde heraus, dass ich die Übernächste bin. Nicht nachdenken! Meinen Blick starr nach oben auf die Decke gerichtet, frage ich mich, was man sich bei der Decken- und Wandbemalung nur gedacht hat. Das passt zu einer Kinderarztpraxis, aber doch nicht hierher. Aus den weißen, traurigen Wänden hat man mit Gewalt eine Unterwasserlandschaft geschaffen. Ganz oben kann ich einen Himmel und eine Sonne erkennen. Ich bin umgeben von Wasser, bunten und farblosen Fischen, Algen und anderen Unterwasserpflanzen. Ich kann sogar Schildkröten und Seesterne erkenne. Am Himmel ziehen Möwen ihre Kreise. Das Wasser rauscht durch meine Ohren. Ich ertrinke. Jetzt ruft man meinen Namen. Ich stehe auf. Ein Teil von mir möchte meinen Bauch halten. Viele letzte Male. Aber ich verbiete das! Jetzt nicht! Ich laufe nicht. Ich werde gelaufen. Meine Füße tragen mich ins Behandlungszimmer. Dabei nehme ich den Raum nicht wahr. Ich werde auf die Liege in der Mitte des Raums gelegt. Es sind mehrere Menschen anwesend,

119

aber ich weiß nicht genau wer. Die Anästhesistin krempelt meinen Ärmel hoch, sieht meine Narben und fragt mich entsetzt was das soll. Das habe hiermit nichts zu tun, erwidere ich. Da ist wieder die Angst abgewiesen zu werden. Am Ende geht alles ganz schnell. Es erklingt keine Musik. Die Zeit fließt nicht langsamer. Schnell bin ich durch die Narkose eingeschlafen. Ich habe keine Zeit mehr mich zu verabschieden und zu sagen, dass es mir leid tut. Was sollte ich meinem Baby auch sagen? Dass dich deine Mutter liebt. Dass sie dich trotzdem töten wird. Dass es ihr leid tut, dass du ausgerechnet an sie geraten bist. Ohne Chance. Sie kann einfach nicht. Sie weiß auch es ist nicht deine Schuld. Da ist es auch kein Trost, dass sie dich niemals vergessen wird. Nicht für dich. Denn du hast doch ein Recht auf dein eigenes Leben.

Warum? Ich habe dich gesehen. So unschuldig. So real. Ja, sie hat Angst vor deinem Vater. Davor, dass du doch ein Wunder bist. Ich habe gelesen in der zwölften Woche lernst du bereits zu lächeln. Nichtsahnend. Du kennst mich nicht. Weißt es noch nicht. Und jetzt ist es zu spät. Ich wache auf, man trägt mich stützend hinaus, denn ich kann noch nicht so gut auf beiden Beinen stehen. Meine

Augen sehen sich verschwommen und verzweifelt um, in der Hoffnung sie irgendwo zu entdecken. Jetzt liege ich wieder im Gemeinschaftsraum auf meinem schmalen Bett. Es tut so weh. Solche Schmerzen habe ich nicht erwartet. Ich versuche zu atmen, wie mir die Schwester rät. Sie stellt mir ein Glas Cola neben mein Bett. Für den Blutzuckerspiegel. Wenig später trägt man eine weinende Frau mit langen, gefärbten roten Haaren auf das Bett neben mich. Die Schwester versucht beruhigend auf sie einzureden, während die Frau versucht ihr Dasein zu entschuldigen und sich zu rechtfertigen. Sie habe schon drei Kinder und sie und ihr Mann könnten ein viertes finanziell einfach nicht stemmen. Sie lebten jetzt doch schon an der Grenze. Mehr könne man nicht bewältigen.

„Wir kennen doch die Geschichten der Frauen", die Schwester streicht der Frau über das Haar.

Aber die Tränen hält das nicht auf. Die junge Frau neben mir weint. Kaskaden aus Tränen verlangen verzweifelt nach dem erleichternden Höhepunkt. Und während ihre Trauer über das verlorene Leben unerschöpflich aus ihr herausbricht, versiegt mein Strom an Gefühl. Da ist nichts mehr übrig. Versickert in diesem verhöhnenden Grund des Meeres. Alles was ich möchte ist mich neben meine Tochter in das anonyme Massengrab zu legen, dessen Adresse ich niemals erfahren werde. Tot möchte ich sein. Mich selig in die dunkle Erde betten, denn dann, so hoffe ich, wird mich auch die Leere in meinem Leben nicht mehr verfolgen. Aus dem Leben befreit durch den Tod. Das wünsche ich mir.

Nach nur etwa zwei Stunden verlasse ich die Klinik wieder und warte unweit des unheimlichen Wärterhäuschens auf Roman. Nach ein paar Minuten sehe ich sein Auto, dass in die Einfahrt biegt und vor mir zum Stehen kommt. Ich habe Angst ihm in die Augen zu blicken und jetzt wie ein normaler Mensch ein Gespräch zu führen. Und ich habe Angst, dass die dicke Binde, die ich in meine Unterhose stopfte für den Rückweg nicht reichen wird. Und ich habe Angst zu weinen.

„Wie geht es dir?", Roman scheint so wie immer.

„Geht schon."

„Jetzt würde ich an deiner Stelle nicht mehr drüber nachdenken. Das bringt jetzt nichts mehr."

So offene Worte habe ich nicht erwartet. Ich muss schlucken.

Als wir losfahren sage ich: „Ich muss dir etwas sagen."

„Was musst du mir sagen?"

„Ich habe gelogen. Ich wohne gar nicht in einer WG, sondern alleine."

Jetzt ist es raus. So lange wollte ich ihm das schon sagen, aber die Wahrheit ist mir nie über die Lippen gekommen. Ich habe behauptet nicht alleine zu wohnen, damit Roman wie so manch anderer Kunde nicht auf die Idee kommt mich zu einem Treffen bei mir zuhause zu drängen. Roman sieht mich an und muss leise lachen.

„Ich habe mich schon immer gewundert warum du so wortkarg bist, wenn ich nach deinen Mitbewohnern gefragt habe", räumt er dann ein.

Ich muss auch lächeln. Ein kleines Gewicht ist von meinen Schultern genommen und jetzt geht es mir tatsächlich besser. Die restliche Fahrt über spricht

Roman mit mir über Lappalien und Belangloses. Ich ärgere mich fast schon darüber, dass er das Ausmaß des heutigen Tages anscheinend nicht würdigen kann und wie ich in Trauer zu versinken droht. Im Nachhinein und nachdem ich ihn ein paar Jahre kenne, werde ich anders über sein Verhalten an dem Tag denken. Ich weiß, dass es ihn vielleicht genauso traurig gemacht hat wie mich. Ich weiß, dass das seine Art ist mit schwierigen Momenten umzugehen. Er wollte mich nur aufmuntern und mir ein Lächeln auf das verweinte Gesicht zaubern. Das hat er geschafft und dafür bin ich ihm auf ewig dankbar. Ich hatte Angst, dass er mich nicht mehr lieben könnte, wenn ich wieder alleine bin. Vielleicht irre ich mich. Zuhause habe ich nur wenig Zeit, denn ich bin mit meiner Familie zum Essen verabredet. Das Theater geht weiter. Ich konnte nicht absagen. Aus welchem Grund? Ich betrete das kleine chinesische Restaurant am Busbahnhof und bete inständig, dass die Schmerzmittel mir über die nächsten paar Stunden helfen werden. Ich darf mir nichts anmerken lassen. Also stimme ich in das Gelächter ein, beteilige mich unauffällig an den Tischgesprächen und bin wie immer am Leben der anderen interessiert. Nur beim Knacken der Glückskekse und Lesen der kleinen Botschaft, die darin eingebunden ist, scheint mir mein Gesichtsausdruck kurz zu entgleiten.

„Jedem Ende wohnt ein neuer Anfang inne."

WINTERWUNDERLAND

Schnell kehrt normaler Alltag in mein Leben ein. Alles fühlt sich an wie immer. Nur mein Bauch ist so leer. Ich bin wieder hässlich. Als ich in der Schule bei der Arbeit auf dem niedrigen Hocker ohne Lehne sitze und meinen Kolleginnen bei ihren Gesprächen zuhöre, bekomme ich plötzlich mit, dass die Neue mit den kurzen schwarzen Haaren schwanger ist.

„Ich bin noch ganz früh. Siebte Woche vielleicht", sagt sie.

„Wir haben uns zwar kein Kind gewünscht, aber ich werde es auf alle Fälle behalten. Etwas anderes könnte ich gar nicht."

Man sieht es mir nicht an, aber ich bin getroffen. Ich versuche meine Arbeit ohne Umschweife weiterzuführen, aber das kurze Gespräch wird mich den ganzen Tag verfolgen. Und am Schlimmsten: Ich bin eifersüchtig. Das gelbe Gefühl breitet sich aus und ich schäme mich dafür, aber ich wünsche der Kollegin nichts Gutes. Dabei kann sie doch nichts dafür. Egal. Wie hat Roman gesagt? Jetzt nicht mehr darüber nachdenken.

Das klappt zwar mehr schlecht als recht, aber seine Worte geben mir trotzdem Kraft. Sie geben mir die Erlaubnis weiterzugehen, das Recht weiterzuleben. Etwa eine Woche nach dem Eingriff habe ich die Nachuntersuchung bei meinem Frauenarzt. Als ich in der Praxis im Wartezimmer sitze, sehe ich hypnotisiert auf den Stuhl, auf dem ich das letzte Mal saß. Als noch alles anders war. Als ich nicht alleine war. Wieder kommen mir die Tränen. Und es wird nicht besser. In der Ecke links von mir unterhalten sich zwei Teenies, die ich auf um die sechzehn Jahre schätzen würde, lautstark über die schwangere Freundin, die sich wohl gerade im Behandlungszimmer bei einem der Ärzte befinden muss. Das hat mir gerade noch gefehlt! Jeder der Anwesenden muss sich ihre Ausführungen über die Pros und Contras eines Abbruchs mit anhören. Erneut ein Treffer, der ziemlich weh tut. Einerseits bin ich geschockt wie breit und offen das Thema hier so öffentlich diskutiert wird. Als ob das Thema so leichtfertig zu bereden wäre. Andererseits tun sie mir leid. Vor allem empfinde ich großes Mitleid für das unbekannte Mädchen, das ich nur aus den kurzen Sätzen ihres Freundes und ihrer Freundin kenne. Kurz bevor ich an der Reihe bin, kann ich einen Blick auf die schwangere, junge Frau werfen. Etwas pummelig, gefärbte blonde Haare und stark geschminkt tritt sie aus dem Behandlungszimmer. Am liebsten würde ich sie packen, kräftig durchschütteln und sie anflehen eine andere Entscheidung zu treffen. Sie muss doch sehen, dass daraus nichts Gutes erwächst! Sie muss mich doch nur ansehen! Meine Untersuchung verläuft routiniert. Alles in Ordnung. Als ich aus dem Zimmer hinaus den Gang entlang am Empfang entlang ins Wartezimmer zusteuere um dort meine Jacke zu holen, kommt der Treffer, der mich zu Boden wirft. An der Rezeption steht der schlacksige Freund des Teenies, redet geschwätzig auf die Arzthelferin ein und bittet sie wie selbstverständlich um eine Kopie des Ultraschallbildes. Was? Meine Eifersucht ringt mit meiner Traurigkeit, ringt sie aber letztendlich nieder und gewinnt. Das kann doch nicht wahr sein! Warum habe ich nie so ein Bild bekommen? Das ist unfair? Und wehe jemand würde behaupten ich sei selbst Schuld, weil ich nie danach gefragt habe. Das stimmt einfach nicht! Ich hätte mir das so sehr gewünscht und ich würde sehr viel geben ein solches Bild jetzt in meinen Händen zu halten. Sehr viel. Viel mehr als dieser blöde Junge es wahrscheinlich wert wäre. Und das schlimme ist. Für Optimisten gibt es wahrscheinlich immer einen Grund, warum etwas doch möglich ist. Es wird mit dem Schicksal verhandelt und das Leben so gedreht, dass es wieder Sinn macht. Aber hier ist jeder machtlos. Die Chance auf so ein Bild wird nie wieder kommen! Es ist aussichtslos. Hoffnungslos. Ich bin am Boden zerstört. Vielleicht werde ich irgendwann der Meinung sein, dass es das beste sei, von ihr kein Bild zu besitzen. Aber momentan kann ich mir das nicht vorstellen. Zuhause gewinnt dann doch die Traurigkeit. Das ist ihr Reich. Hier gewinnt sie immer.

Als ich etwa zehn Tage nach dem schlimmsten Tag meines Lebens wieder bei Roman bin, geschieht das, was ich mir immer gewünscht hatte. Er schlägt vor, einmal zusammen Essen zu gehen. Bei seinem Lieblingsitaliener. Sofort sagte ich zu. Ich hatte Angst, dass jetzt irgendetwas anders zwischen uns sein könnte, dass er mich weniger liebt, aber ich fühle mich in seinen Armen geborgen wie eh und je. Ich habe heute viel Mühe in mein Outfit gesteckt. Das Kleid mit der schwarzen Spitze trage ich heute zum ersten Mal. Es passt sehr gut zu meinen dunklen langen Haaren. Ich frage mich, ob ich zu aufgedonnert bin für ein einfaches Abendessen beim Italiener, aber ich fühle mich schön so. Als er mir die Tür öffnet, stelle ich fest, dass ich heute nicht zu viel aus mir gemacht habe. Viel eher ist es nicht genug. Er sieht blendend aus und der maßgeschneiderte dunkelblaue Anzug ist das beste, das sein Körper tragen kann. Seine blauen Augen, Saphire in der braun gebrannten Haut, sind einfach der Hammer! Ich fühle mich plötzlich schäbig und hässlich. Aber er umarmt mich innig und ich beschließe mich von meinem Äußeren heute nicht runterziehen zu lassen. Ich bin so aufgeregt als wir zusammen das Restaurant betreten. Als wären alle Augen auf mich gerichtet. Es ist mir so unangenehm, andererseits bin ich auch stolz, weil ich weiß, dass wir heute gut zusammen aussehen. Das Restaurant ist unheimlich gemütlich. Wir ergattern einen Tisch auf dem erhöhten Parkett, von dicken Holzbalken ummantelt. Es riecht wunderbar nach Pizza, Pasta, Tomatensoße und Basilikum. Das ganze Restaurant ist mit großen und unscheinbaren Lichtquellen versehen, die es in einen ewigen Sonnenuntergang verwandeln. Es ist wunderschön und ich fühle mich auf der Stelle pudelwohl. Wir bestellen einen Salat als Vorspeise und

Pizza. Meine mit Gemüse, seine mit Schinken und Peperoni. Es ist so lecker. Dazu trinken wir einen fruchtigen Martini. Das habe ich noch nie getrunken und mich jetzt dazu hinreißen lassen. Bei James Bond dachte ich immer an ein herbes Getränk, aber weit gefehlt. Der Martini schmeckt sogar mir als Anti-Alkoholikerin richtig gut. Ich bin so froh, dass der Abend so schön ist. Roman bringt mich zum Lachen und ich sehe ihm unheimlich gerne in die strahlenden Augen während er mir die neusten Geschichten aus seinem Leben erzählt. Wir sind gerade mit dem Hauptgang fertig, da wird Roman von zwei Bekannten gegrüßt, die hier auch essen waren. Zu meinem Entsetzen trägt die weibliche Begleitung seines Geschäftspartners eine stolze Kugel vor sich her. Sie ist im achten Monat. Gott sei Dank wird meine Anwesenheit großzügig ignoriert und so fühle ich mich die paar Minuten Unterhaltung unentdeckt unwohl, weil ich nicht weiß wie ich mich verhalten soll. Einfach sitzen bleiben und die Finger diskret unter dem Tisch fest aneinander pressen, die Fingernägel in die Haut drückend. Ich bin froh als sie wieder gehen. Roman überredet mich zu einem Dessert. Ein warmer Schokoladenkuchen mit flüssigem Kern und dazu Vanilleeis. Roman trinkt noch einen Wein. Das Dessert ist das beste, das ich seit langer, langer Zeit gegessen habe. Am liebsten würde ich darin versinken. Roman hat wie immer sichtlich Spaß an meinem Genuss und ich versuche mich von meinem schlechten Gewissen nicht übermannen zu lassen. Schließlich wollte ich heute eigentlich nichts Süßes essen. Dafür habe ich den ganzen Tag über nichts gegessen. Wenigstens etwas. Irgendwie wünsche ich mir, dass der Abend nie endet, aber jeder Abend geht vorbei. Als wir wieder in seiner Wohnung sind lässt mir Roman ein Bad ein. Ich freue mich, habe aber auch Bedenken, da ich mit Baden eigentlich zwei Wochen warten sollte. Roman meint das sei übertrieben und ich finde das auch. Es ist schön. Das warme Wasser tut gut, aber es ist dennoch anders. Es fehlt die Magie. Es fehlt die Wölbung auf meinem Bauch. Wir schlafen miteinander. Wie immer. Es ist schön. Und jetzt bin ich sicher nie mehr schwanger werden zu können. Dafür ist gesorgt.

Wenige Tage später entscheide ich mich aus einem Impuls heraus meine Haarverlängerung zu entfernen. Und so stehe ich mehrere Stunden des nachts in meinem Badezimmer und kämme mir die Strähnen aus den Haaren. Ich kann mir so nicht mehr in den Spiegel sehen und das Gefühl nicht mit beiden Händen ungehemmt durch meine Haare fahren zu können ist schrecklich. Es fühlt sich an wie ein Fremdkörper, der abgestoßen werden möchte. Als alle künstlichen Haare draußen sind, könnte ich heulen. Ich komme mir so entstellt und hässlich vor mit den dünnen Flusen, die jetzt mein Gesicht rahmen. Was habe ich nur getan? Verzweifelt rufe ich meine Friseuse an. Die hat zu allem Überfluss Urlaub und vergibt Termine erst wieder ab dem neuen Jahr. Das darf doch nicht wahr sein. Ich sichere mir den erst möglichen Termin am zweiten Januar. Jetzt kann ich Roman eben erst nächstes Jahr wiedersehen. Das tut weh, ist aber nicht zu ändern. Wenigstens ist meine Verhaltenstherapie jetzt angelaufen. Ich weiß nicht was ich davon halten soll. Irgendwie habe ich mir das anders vorgestellt. Ich dachte ich wäre dann glücklicher. Aber ich habe mich gar nicht verändert. Mein Leben auch nicht. Ich kotze wieder viel. Vor allem, da ich Roman momentan nicht sehen kann. Ich spiele mit dem Gedanken mich dabei von meiner Frisur nicht beeinflussen zu lassen, aber das ist einfach nicht möglich. Ich muss wirklich bis zu meinem Friseurtermin warten, der aus mir wieder ein Schneewittchen machen wird.

Vorher können wir uns nicht sehen. Die wenigen Wochen bis zum Jahresende kriechen im Schneckentempo dahin und die Langsamkeit, die die Zeit jetzt annimmt, um mir weh zu tun, macht mich wahnsinnig. Zur Therapiestunde gehe ich jetzt jede Woche, aber sie kann an meinen Gefühlen auch nichts ändern.

Es ist Silvesterabend. Ich bin allein wie jeden letzten Tag des Jahres. Wie fast alle anderen Abende auch. Gerade habe ich Roman mitgeteilt, dass wir uns nächstens Jahr bald wiedersehen können. „Freut mich", kommt es zurück, „und bei Gelegenheit muss ich dir was sagen."

Oh. Ich weiß nicht, ob ich es wissen möchte, wenn er so anfängt.

„Ist es etwas Schlimmes?", ich taste mich behutsam vor.

„Nein. Nur schlimm für mich. Keine Sorge."

Nur schlimm für ihn? Das glaube ich nicht.

„Habe ich etwas bei dir vergessen?", ich weiß, dass das nicht der Fall ist, aber ich will den Bereich der Lappalien gerade nur ungern verlassen. Oder?

„Nein, hast du nicht", keine Überraschung, „aber warum rieche ich an deinem Haar, wenn du nicht da bist?"

Das habe ich nicht erwartet. Roman hütet ein handtellergroßes Haarknäuel in der kleinen Schublade für Allerlei im Flur. Haare aus meiner Haarbürste und Haare, die er mir einmal während dem Liebesspiel herausgerissen hatte. Aber die Vorstellung, dass er in seiner Wohnung steht und daran riecht, wenn er alleine ist und keiner zusieht, ist mir fremd. Vielleicht sind wir beide uns doch ähnlicher und wir merken es nur nicht, weil jeder dem anderen nur die unabhängige, selbstbewusste Seite der Medaille zum Betrachten eingesteht. Ich weiß nicht recht, was ich darauf antworten soll. Roman kommt mir zuvor.

„Hm... jetzt weißt du es." Seine Worte begleiten einen traurigen Smiley.

„Was weiß ich?", dumm stellen ist in Situationen, in denen man sich unwohl fühlt, immer gut.

„Dass du an den Haaren riechst, weil du mich vermisst?"

„Mehr noch."

Wieder das traurige Gesicht in dem kreisrunden, gelben Kopf.

„Warum bist du traurig?"

„Weil ich es dir beim letzten Mal sagen wollte. Aber dachte, naja, du weißt schon. Zwei Mal wollte ich es dir sagen. Hast du das nicht bemerkt?"

Oh wow. Das wird mir beinahe zu viel. Und nein, ich habe das keineswegs bemerkt. Wenn ich mir jetzt vorstelle, dass er mir das alles persönlich gesagt hätte, dann bin ich froh solche Informationen alleine und nur für mich verdauen zu können.

„Nein, habe ich nicht bemerkt. Warum hast du es nicht gesagt?"

„Ich habe mich nicht getraut. Passiert mir auch ganz selten."

Plötzlich bin ich seltsam berührt von der noch nie dagewesenen Offenheit und der verletzlichen Seite, die er mir jetzt präsentiert. Und Roman legt noch einen drauf.

„Ja, schon ein halbes Jahr. Verstehe mich ja selbst nicht."

Ein halbes Jahr? Wir kennen uns doch kaum ein halbes Jahr.

„Sagen wir es so... Seit dem zweiten Treffen. Muss ich mich jetzt schämen?"

Ich bin baff. Das hätte ich niemals zu träumen gewagt! Roman ist wunderschön.

„Ich glaube ich hätte ziemlich dumm aus der Wäsche geguckt, wenn du mir das alles persönlich gesagt hättest", gestehe ich ein.

„Die Reaktion hätte ich auch gerne selbst erlebt. Aber ich war zu schüchtern", räumt Roman ein. „Ich ... dich. So jetzt will ich es gesagt haben."

Ich bin gerührt und getroffen zugleich. Ich bin sogar etwas enttäuscht. Habe mir immer vorgestellt diese Worte persönlich zu hören. Nicht zu lesen. So kommen sie mir irgendwie weniger wert vor.

„Fast schon schade, dass du zu schüchtern warst", meine ich. Roman beschwichtigt mich.

„In aller Vollständigkeit habe ich das nicht per SMS. Ich werde dir das nur vollständig sagen, wenn ich dir dabei in die Augen sehen kann!"

Wow.

„Mein Herz schlägt irgendwie seltsam schnell."

„Tut es das? Ich schwöre dir meines auch."

Kann man Angst vor dem Glücklichsein haben?

ALLES WIRD BESSER

Der Januar gibt mir neue Kraft und neuen Antrieb. Der erdrückende Silvesterabend, den ich jeher nur mit Trauer über ungelebte Zeit verbinde, ist endlich vorbei und im neuen Jahr soll alles besser werden. Ich habe die Chance mich endlich gesünder zu ernähren und vor allem abzunehmen. Mein Körper soll besser werden. Und dann kann ich auch ein besserer Mensch werden. Ein glücklicher Mensch in einem glücklichen Leben. Ein Leben mit Roman an meiner Seite. Für ihn will ich besser werden. Im neuen Jahr haben all die Enttäuschungen der letzten Jahre keine Macht mehr über mich. Wie ein Phönix will ich aus der Asche steigen und leuchten. Irgendwann. Aber Roman macht es mir nicht einfach. Ein einziges Mal hat er mich von sich aus gefragt, ob ich zu ihm kommen möchte. Das war das erste Mal als ich zu ihm gefahren bin und wir uns bei ihm zuhause getroffen haben. Da hat er mich gefragt. Das erste und letzte Mal. Ich verstehe das nicht, denn schließlich muss er doch wissen, dass ich zeitlich viel flexibler bin als er. Warum schlägt er mir nie vor wann wir uns treffen können? Jede

Woche frage ich spätestens am Donnerstag nach, wann wir uns am Wochenende denn sehen könnten. Dann heißt es oft, er könne das noch nicht so genau sagen.

Dann frage ich am Freitag wieder. Manchmal auch am Samstag. Und wenn es schlecht läuft frage ich ihm am Sonntag, ob ich spontan noch zu ihm fahren kann. Ich würde mir so sehr wünschen, dass er auf mich zukommt und ich einmal eine Nachricht lese, die so oder ähnlich aussehen könnte.

„Hi. Du, ich hätte am Freitag Abend Zeit. Hast du Lust sich zu treffen?"

In meiner Vorstellung ist das eine Nachricht, die sich gesunde Menschen schreiben, wenn sie aneinander interessiert sind und denen ein Treffen wichtig ist. Leider muss ich bei Roman immer nur warten. Er ist bezaubernd, wenn ich tatsächlich bei ihm bin. Ich fühle mich so wohl und geborgen und die gemeinsame Zeit ist jedes Mal wunderschön. Aber dorthin ist es für mich immer ein nervenaufreibender Weg. Ein Weg, der mich traurig macht und nur ein erneutes Treffen tröstet die Trauer, die mit der Furcht lebt für ihn bedeutungslos und unwichtig zu sein. Ich habe Angst es ihm nicht wert zu sein. Manchmal passiert es auch, dass wir verabredet sind und er mir am selben Tag nur ein paar Stunden vorher eine kurze Nachricht schreibt, dass es doch nicht klappt. Dann bin ich am Boden zerstört. Auf mein Nachfragen geht er nie ein. Wieso? Weshalb? Warum?

Das erfahre ich entweder nie oder erst ein paar Tage später. Das tut jedes Mal unheimlich weh. Ein anderes Mal sind wir verabredet und ich frage ihn am besagten Tag um wie viel Uhr es ihm denn recht wäre, dass ich bei ihm ankomme. Wenn ich Pech habe, und ich habe oft Pech, dann erfahre ich dann, dass es wieder nicht klappt. Dann bin ich wieder am Boden zerstört. Warum tut er mir das an? Warum kann er mich nicht so behandeln wie ich es mir wünsche? Meine Therapeutin meint ich solle Roman meine Gefühle mitteilen und ihm sagen wie sehr mich sein Verhalten verletzt. Davor habe ich große Angst. Irgendwann nehme ich jedoch all meinen Mut zusammen und schreibe ihm, dass es mich traurig macht, dass wir so Schwierigkeiten haben uns zu verabreden. Ich schreibe ihm, dass ich mir wünsche er würde mir von sich aus einen Termin vorschlagen. Dann müsste ich nicht hundert Mal nachfragen. Er geht darauf nicht ein. Er würde sich schließlich Zeit für mich nehmen, wenn er weiß, wann ich Zeit habe. Ich fühle mich unverstanden und ungerecht behandelt. In mir ist da auch ein großer Knoten, dem man die Wahrheit verdreht und auf den Kopf gestellt hat. Vielleicht muss ich einfach nur weiter an mir arbeiten. Ich muss nur gesund werden, um mit ihm zusammen sein zu können. Dann wird alles besser.

Und es wird tatsächlich besser. Meine Haare sind endlich wieder die alten und ich kann mich wieder mit ihm verabreden. Wir gehen manchmal aus, gehen gemeinsam essen. So lädt er mich Ende Januar beispielsweise zum Japaner ein. Roman sitzt mir gegenüber in dem modernen asiatischen Restaurant in unmittelbarer Nähe zum Bahnhofsplatz. Das Fenster in seinem Rücken verfehlt jedoch seinen Zweck und statt der Außenwelt blicke ich lediglich in ein Spiegelbild des Restaurants. Es ist Abend und bereits dunkel. Immer dann, wenn jemand an mir vorbeiläuft oder sich die Eingangstür öffnet, streift ein kühler Lufthauch meinen Rücken und ich fröstele ein wenig. Auf meinen mit schwarzer Spitze besetzten Armen breitet sich eine Gänsehaut aus. Auf dem übergroßen Teller vor mir thront ein kleiner Berg Algensalat mit gelbbraun gerösteten Sesamkernen, die einen kernigen Geruch in meine Nase strömen lassen.

Daneben dampft frisch aufgebrühter Ingwertee. Während Roman seine scharfe, mit Chili versetzte Fischsuppe löffelt, redet er ohne Unterlass auf mich ein. Er redet von seiner Familie, von dem neuen Handy, dass er sich erst kürzlich zulegte und von seiner Arbeit. Ich versuche zuzuhören, aber schweife immer wieder ab zu meinen eigenen Gedanken. Mir wird bewusst, dass ich mich unwohl dabei fühle mit ihm hier zu sitzen.

Ich habe Angst vor den Gedanken der anderen Menschen im Restaurant. Dass sie mich zu jung für ihn finden könnten und meine Rückenmuskulatur steht unter Höchstspannung.

Alsbald verwandelt sie sich in einen unangenehmen Schmerzknoten unterhalb meines linken Schulterblatts. Ich habe mir so sehr gewünscht mit ihm auszugehen, mit ihm Essen zu gehen, zu zweit die vertrauten vier Wände seiner Wohnung zu verlassen und unsere Welt um die Welt da draußen zu vergrößern. Ich sollte dankbar sein und stattdessen fühle ich mich jedoch seltsam leer und ernüchtert. Eigentlich wollten wir schon letzte Woche zusammen Essen gehen, aber daraus wurde nichts. Als ich bei ihm ankam trug er den gleichen dunkelblauen

Anzug, in den er sich auch heute kleidet und in dem er so verdammt gut aussieht. Dieses fast ins Schwarze driftende Blau, das seine Bräune perfekt zum Vorschein und seine himmelblauen Augen zum Strahlen bringt, verschafft mir weiche Knie. Letzte Woche fielen wir übereinander her. Oder besser gesagt er über mich. Und als wir verschwitzt auf dem Boden seines Flurs beim Durchgang zur Küche zur Ruhe kamen, stand uns nicht mehr der Sinn nach Sushi und der kalten Winterluft. So blieben wir in seiner Wohnung und unser Appetit wurde durch einen kurzen Anruf und eine Bestellung beim italienischen Lieferservice befriedigt. Aber jetzt sind wir hier. Warum bin ich nur so? Warum kann ich das Leben nicht einfach genießen? Ich sehne mich nach tiefen Gesprächen, ehrlichen Worten und einer offenen Sicht auf seine Gedanken und Gefühle. Ich sehne mich nach einem tiefen Verständnis für meine Person in seinen Augen und nach einer Vertrautheit, die zwischen zwei Menschen herrschen kann, die den anderen auf ihr Herz blicken lassen. Ich genieße die Zeit mit ihm und doch wünsche ich mir mehr. Ich bin so undankbar und dieser schlechte Charakterzug treibt meine Laune in den Keller. Weiter zuhören. Und lächeln. Ich sehe ihn gerne an und ich sehe ihm gerne zu. Auf meinen Algensalat folgt der vegetarische Sushi-Mix und während meine Gabel von den Gurken-Maki zu den Inside-Out-Rolls mit Avocado pendelt, kann ich etwas entspannen und etwas mehr in meinen Stuhl einsinken.

„Willst du noch ein Dessert?", fragt Roman als wir beide unsere leeren Teller von uns wegschieben.

„Nein, danke."

Satt bin ich zwar noch nicht, da ich in weiser Vorbereitung heute den ganzen Tag noch keine Nahrung zu mir genommen hatte, aber einen Nachtisch möchte ich hier nicht essen.

Auch wenn ich weiß, dass er es liebt mir dabei zuzusehen, wenn mir süße Köstlichkeiten ein verzaubertes Lächeln in mein Gesicht zeichnen. Nachdem er die Rechnung für uns beide bezahlt hat, zieht er einen Schlüssel mit Schlüsselbund aus seiner Jackentasche und legt ihn betont lässig auf den leeren Tisch zwischen uns. Das Zeichen zu gehen. Ich frage mich, ob er mich zu irgendetwas auffordern möchte. Ich sehe ihn an. Und er mich. Für einen kurzen Moment sind unsere Blicke gefangen.

„Gehen wir?"

Ich bejahe und wir machen uns gemeinsam auf den Weg zurück in die Kälte und zum Taxistand. In nur wenigen Minuten halten wir vor seinem Haus. Als wir aus dem Taxi aussteigen nimmt er meine Hand und wir laufen den kurzen Weg zwischen den Vorgärten zu der Haustür auf der Rückseite des Gebäudes.

„Wie wäre es mit einer heißen Schokolade aus meiner Maschine?"

Ich muss lachen und er grinst mich an. Ich bin glücklich. Und ich knicke ein.

„Ja, voll gerne."

Vielleicht werde ich das morgen bereuen, aber im Moment ist es mir egal. Dafür liebe ich es zu sehr dieses heiße Getränk von ihm in meine Hand gedrückt zu bekommen. In dem Jahr, in dem wir uns nicht sehen werden, werde ich an diesen Tag zurückdenken.

Ich werde daran denken, dass er mir einmal gestand für mich einen Zweitschlüssel für seine Wohnung anzufertigen. Damit ich jederzeit zu ihm kommen kann. Damals habe ich den Wink mit dem Zaunpfahl nicht verstanden. Natürlich wäre es von Vorteil gewesen mir von seiner Absicht an dem Abend zu erzählen. Ich werde mich fragen, ob er traurig war, als ich den Schlüssel nicht an mich nahm. Ob er enttäuscht von mir war und sich abgewiesen fühlte. Später wird mir die Bedeutung dieses Augenblicks wie Schuppen von den Augen fallen, ich werde vor Schock anfangen zu weinen und mich selbst dafür verfluchen ihn möglicherweise verletzt zu haben. Wäre alles anders verlaufen, hätte ich an diesem Abend all meinen Mut zusammengefasst und meine Hand über den Tisch nach dem Schlüssel ausgestreckt? Hätte ich mich sicher gefühlt? Wäre all das Kommende nicht passiert, wenn ich nach der Rettungsleine gegriffen hätte, die er mir hinwarf? Hätte ich mich selbst in den sicheren Hafen lenken können, auch wenn ich doch schon verloren war? Oder gab es kein Zurück aus diesem Meer an Angst? Musste ich erst auf seinen Grund sinken, um langsam wieder selbst schwimmen zu lernen?

Kurze Zeit später findet in Stuttgart die Gastronomiemesse statt, auf der Roman mit seiner Firma vertreten ist. Er hat mich gefragt, ob ich mit ihm gemeinsam dort hinfahren möchte. Ich sagte Ja. Ich bin tierisch aufgeregt. Ein ganzes Wochenende mit Roman zu verbringen. Das ist ein Traum. Das ist ein Debüt. Das macht mir Angst. Ich habe Angst davor schlecht gelaunt zu sein. Angst vor lauter Anstrengung, vor lauter Präsenz und Funktionieren mir nichts sehnlicher zu wünschen als allein zu sein. Angst leiden zu müssen. Letztendlich kommt immer alles anders als gedacht. Das Hotelzimmer ist toll. In der kleinen Suite dominiert ein großes Bett, daneben ein großer, gemütlicher Ohrensessel vor dem Fernseher. Riesige, bodentiefe Fenster, die die gesamte Wand durchziehen. Alles ist in modernen Grau- und Schwarztönen gehalten. Noch nie habe ich irgendwo so luxuriös genächtigt. Es ist ungewohnt, aber Roman gibt mir die Sicherheit, dass es in Ordnung ist. Eine verglaste Flügeltür führt ins angrenzende Badezimmer. Ich freue mich als ich die Badewanne erblicke. Roman fragt mich einmal mehr, ob es denn wirklich okay sei, wenn er erst am Abend wiederkommen wird. Klar ist das in Ordnung. Er hat mir zwar auch vorgeschlagen mit ihm auf die

Messe zu kommen, aber mir steht nicht der Sinn nach großen, gedrängten Menschenmassen und so freue ich mich tatsächlich auf einsame Stunden im Hotel. Ich hätte ja auch die Möglichkeit in die Stadt zu fahren und mir Stuttgart anzusehen, aber diese Option verschiebe ich eher auf den nächsten Tag, an dem Roman auch bis zum frühen Nachmittag nicht da sein wird. Sobald Roman die Tür hinter sich zuzieht, entkleide ich mich und schlüpfe in den blütenweißen Bademantel und die dazu passenden Badeschuhe. Ich drehe den Wasserhahn der Badewanne auf. Tosend schießt das Wasser heraus. Ich schalte den Fernseher an und zappe durch die verschiedenen Programme, bis ich letztendlich bei einem Sender über prominenten Klatsch und Tratsch hängen bleibe. Mir gefällt das Leben, das jetzt im Zimmer herrscht. Dann lasse ich mich genüsslich in den Sessel fallen und blättere durch das Menü des Zimmerservices. Ganz schön teuer. Und nicht gerade gesund. Und nicht sehr viel vegetarische Optionen. Was soll ich nur nehmen? Ich habe Hunger. Das rauschende Wasser im Badezimmer und der TV-Beitrag können das Knurren meines Magens nicht überstimmen. Aber ich will nicht viel essen, damit mein Bauch einigermaßen flach ist, wenn Roman heute Abend zurückkommt. Schließlich bestelle ich telefonisch eine paar Gemüsesticks mit zweierlei Dips. Nervös trommeln meine Finger auf der Sessellehne und ich warte gespannt auf das Klopfen an der Hoteltür. Da! Jetzt hat es geklopft. Eine junge Frau trägt ein Tablett mit meiner Bestellung herein und stellt es auf dem kleinen Tisch neben dem Sessel ab. Plötzlich ist es mir zu still im Zimmer. Ich schäme mich für mich selbst und bin froh ein paar Sekunden später wieder allein zu sein. Ach, herrlich. Mein kleiner Snack ist zwar keine Gaumenexplosion, aber annehmbar. So genehmige ich mir die Karotten- und Selleriesticks während ich mich an dem Moment und meiner Umgebung erfreue. Dann ist die Wanne auch schon voll, ich schalte den TV auf einen Musiksender, drehe die Lautstärke nach oben, sodass ich nebenan etwas davon habe und geselle mich zu der knallgelben Quietscheente, die fröhlich mit dem immer gleichen Lächeln vor mir durch die seichten Wellen driftet. Leider kann ich nicht so gut entspannen wie erhofft, ich werde schnell ungeduldig und nach noch nicht einmal zwanzig Minuten beende ich das Bad auch schon wieder. Meine Laune sinkt. Mir ist langweilig, das Fernsehprogramm interessiert mich eigentlich nicht die

Bohne, aber ich setze mich trotzdem davor und lasse mich berieseln. Was sollte ich auch sonst tun? Erst sinkt meine Laune weiter, nur um sich wieder zu heben je näher Romans Ankunft im Hotel rückt. Ich höre einen Schlüssel, der in das Türschloss dringt und die Tür mit einem leisen Klacken öffnet. Roman kommt um die Biegung, die das Zimmer nimmt, schnurstracks auf mich zu, schmeißt seine Tasche ungeachtet neben die Wand und schließt mich fest und drängend in seine Arme. Endlich zuhause.

„Tut mir leid, ich stinke, weil ich den ganzen Tag unterwegs war."

Das finde ich nicht. Und so lasse ich nicht los.

„Wie war dein Tag?", flüstert mir Roman ins Ohr.

„Schön." Ich flüstere zurück.

„Ich und die Quietscheente hatten viel Spaß."

Roman lacht herzlich.

„War dir auch nicht langweilig? Ich bin leider nicht früher losgekommen. Warum bist du nicht ein bisschen in die Stadt gefahren?"

„Es war alles gut", erkläre ich ihm nochmal.

Dann steigt Roman in die Dusche, um sich vor dem Abendessen frisch zu machen. Währenddessen schlüpfe ich aus dem Bademantel in meine schwarze Strumpfhose, den engen, geschnürten Rock und das schwarze, enge Spitzenshirt. Ich lege etwas Make-up auf, aber nicht zu viel, denn mein Outfit ist schon recht auffällig.

Dann öffne ich den geflochtenen Zopf, den ich den Tag über trug, um mir die hübsch gewellten Haare über die Schultern zu legen.

„Gut siehst du aus", lobt mich Roman, als er aus dem Badezimmer kommt. Ich bin erleichtert und versuche die Brezel zu vergessen, die ich heute morgen aß und wieder ausgekotzt hatte. Ich wollte das nicht. Wahrscheinlich hatte ich wieder nicht alles erwischt und ein paar Teile des Laugengebäcks sind in meinem Magen verblieben. Das ist blöd. Dann auch noch der cremige Dip heute Nachmittag. Das ist auch blöd. Aber jetzt nicht daran denken! Es ärgert mich trotzdem. Roman holt mich aus meinen trüben Gedanken und gemeinsam gehen wir durch die leeren und verlassenen Hotelgänge in die große Eingangshalle, von wo aus wir auf das offene, weitläufige Restaurant zusteuern. Zu allem Überdruss sind fast alle Plätze bereits belegt. Es ist laut hier. Die angeregten Gespräche sammeln sich in lauten Fetzen an der hohen Decke und mir wird schwindlig von den ganzen Eindrücken, die hier plötzlich auf mich einprasseln. Gläser, die anstoßen, Geschirr, das klappert, Kellner, die wie fleißige Ameisen hin- und herlaufen, um den Wünschen der Gäste gerecht zu werden. Roman erfragt einen freien Platz für zwei Personen und wir werden durch das Labyrinth aus Tischen hindurch ans andere Ende des Restaurants geführt, wo wir uns an einem kleinen Tisch niederlassen. Das war anstrengend. Wieder einmal habe ich das Gefühl alle Augen seien auf uns gerichtet. Außerdem fühle ich mich zu dunkel gekleidet. Mir gefällt zwar mein Stil in einheitlichem Schwarz, aber man fällt doch auf. Das mag ich nicht. Ich bin erleichtert als wir endlich sitzen und mein Blickfeld wieder kleiner wird. Meine Welt, die wieder nur aus Roman und der Speisekarte besteht, die mir eingangs sofort in die Hand gereicht wird. Ich muss nicht lange suchen, denn die Auswahl ist für mich begrenzt. Schließlich bestelle ich gefüllte Nudeltaschen mit

Tomatensoße und ein kleines Wasser. Roman ein Glas Weißwein und Saltimbocca mit Gemüse- und Pastabeilage. Der Tisch ist nicht gerade ausladend und während wir auf unsere Bestellung warten, greift Roman über den Tisch nach meiner Hand. Noch nie hat jemand meine Hand so gehalten. Und das auch noch in der Öffentlichkeit. Romans Hände sind wie immer wunderschön. Ich fühle mich etwas unbeholfen, weiß nicht, wohin ich meinen Blick am besten richten soll. Dennoch empfinde ich tiefe Rührung angesichts diesen Augenblicks. Sein Daumen, der zärtlich über meinen Handrücken streicht. In seinen Händen sehen meine irgendwie so zart und zerbrechlich aus. Zart und zerbrechlich. So bin ich schön. Roman hält seine Hand schützend über mich. Hier kann ich sicher atmen. Das Essen ist eher Durchschnitt. Nichts besonderes und die Portionen auch sehr übersichtlich, so dass ich nicht wirklich satt werde. Roman ist ebenfalls nicht ganz so begeistert von unserem Abendessen und so ziehen wir uns wieder aufs Zimmer zurück sobald sein Glas Wein geleert wurde. Im Vornherein teilte er mir bereits verschmitzt lächelnd mit er habe für heute Abend etwas dabei, das mir wahrscheinlich nicht gefallen wird. Da muss ich wohl durch. Im Zimmer angekommen zieht mich Roman langsam bis auf die Unterwäsche aus, wir küssen uns. Dann holt er seine Tasche und präsentiert mir stolz seine neusten Errungenschaften. Eine Augenmaske aus schwarzem Leder und einen Pumpknebel. Ich weiß nicht recht was ich dazu sagen soll und wie ich mich verhalten soll. Am liebsten würde ich verschwinden. Ob er mir das anlegen darf, flüstert mir Roman fragend ins Ohr. Ich zucke meine Schultern und nicke. Ich fühle mich schwer. Wie gerne würde ich einen Tag und eine Nacht einfach nur in Romans Umarmung liegen. Die Wärme seines Körpers auf meiner Haut spüren. So viel Nähe. Keine Bewegung. Meine Augen verlieren ihr Licht, das Zimmer verfällt in Schwärze. Jetzt spüre ich die Lederriemen an meinen Wangen und den Ball in meinem Mund. Roman ist überall. Ich soll sagen, wenn es mir zu viel wird und ich aufhören möchte. Das kann ich nicht. Ich gebe ihm mein Okay.

Warum weiß er nicht, dass ich das nicht kann. Ich muss immer wieder würgen. Mir bleibt die Luft weg. Ich bin unheimlich froh über meine versteckten Augen, so sieht Roman meine Tränen nicht. Alles was unter der Maske hervor läuft, landet durch ein kurzes Drehen meines

Kopfes gekonnt im weichen Stoff des weißen Kopfkissens. Oder der Bettdecke. Plötzlich, wie durch die Schmerzen meines Körpers aktiviert, brennt sich mein Leben in meinen Kopf. Ich sehe und spüre mein Unglück und meine Traurigkeit wie ich es mittlerweile nur noch selten vermag. Hoffnungslosigkeit. Macht sich breit. Ich weiß nicht, warum ich so schluchzen und weinen muss. Ich wünschte es wäre bereits vorbei, aber die Zeit tut mir den Gefallen nicht. Irgendwann, was sich wie Stunden anfühlt, wird es weniger und Roman schnallt mir den Knebel wieder ab, nimmt die Maske von meinem Gesicht. Er ist mir ganz nah, sieht mich an, streichelt über mein Gesicht und fragt mich, ob alles in Ordnung sei. Ja, klar. Ich muss aufstehen. Ich zittere.

„Ist wirklich alles in Ordnung?", fragt Roman besorgt.

„Ja, ich habe nur wieder Kreislaufprobleme, denke ich", diese Ausrede zieht immer.

„Ich muss kurz ins Bad."

Ich gehe auf Toilette, obwohl ich nicht muss. Dann stehe ich vor dem breiten Spiegel. Mein Haar ist ganz zerzaust. Mein Gesicht und mein Augen-Make-up tränenverschmiert. Ich versuche so leise wie möglich zu weinen, aber irgendetwas ist anders als sonst. Ich kann jetzt nicht wieder rüber zu Roman gehen. Ich kämme meine Haare mit meiner Bürste von unten nach oben durch. Damit bin ich eine Weile beschäftigt. Meine Gedanken sind jedoch überall nur nicht bei meinen Haaren. Was ist jetzt los? Das kann doch nicht wahr sein! Mein Brustkorb hebt sich ruckartig im Rhythmus meines Herzens. Jetzt steht plötzlich Roman in der Tür zum Badezimmer.

„Alles in Ordnung, Mia?"

Ich sehe ihn nicht an. Ich kann noch nicht einmal seinem Spiegelbild in die Augen sehen. Stattdessen ist mein Blick stur auf meine Haare in der einen und meine Bürste in der anderen Hand geheftet. Die Tränen wollen trotz Romans Anwesenheit aus meinen Augen kullern. Ich bürste noch konzentrierter. Jetzt schreitet Roman ein, nimmt mir die Bürste aus der Hand. Der Damm ist gebrochen. Mit einem übergroßen Schwall brechen die Tränen aus mir heraus und ich schluchze fürchterlich.

„Hey, was ist denn los?", Roman scheint die Welt nicht mehr zu verstehen.

Er nimmt mich fest in seine Arme, aber die Flut an Tränen bricht nicht ab. Sie kullern heftig weiter. Es ist mir peinlich so entsetzliche Geräusche von mir zu geben, aber jetzt ist es zu spät. Ich kann nicht aufhören und es somit auch nicht ändern. Nach einer Weile weine ich weniger. Roman löst sich von mir und drückt mir mit einem „Ich muss mir kurz was zu Rauchen holen" einen Kuss auf die Stirn.

Jetzt stehe ich hier. Halbnackt. Roman mit einer Zigarillo bald wieder neben mir. Ich wünschte das Licht hier wäre dunkler. Meine Augen blicken ins Leere, so als ob man tatsächlich nichts sehen könnte, wenn man sich nur heftig genug weigerte.

„In solchen Situationen muss ich immer eine Rauchen. Ich hoffe es stört dich nicht."

Tut es nicht.

„Was hast du denn? Geht es dir nicht gut?"

Keine Regung.

„Komm, wir gehen rüber ins Bett."

Keine Regung.

Manchmal kann ich mich nicht mehr bewegen. So wie früher. Als meine Mutter bettelnd heulend vor mir stand und mich anschrie sie anzusehen und mit ihr zu reden. Als sie mich an den Armen packte und mich schüttelte. Als sie auf meine verschlossene Zimmertür einhämmerte und mir drohend verkündete jetzt wieder den Familienpsychologen anzurufen, der dann vorbeikommt um mich aus meinem Zimmer zu holen. Ich konnte mich einfach nicht bewegen. Nicht rühren. Meine Seele ein kleines, verschnürtes Paket hinter der Wand eines Hochsicherheitsgefängnisses.

„Hey", holt mich Roman wieder zurück ins Hier und Jetzt. Er streichelt mir über den geschundenen Arm. Dann stellt er sich hinter mich, seine Hände an meinen Oberarmen.

„Komm wir gehen rüber, da kannst du dich hinlegen."

Es hilft. Er schiebt mich voran und plötzlich können meine Füße wieder laufen. Es ist als wäre der Bann gebrochen. Wir legen uns unter die zerwühlten Decken. Meine Tränen fließen immer noch, aber weniger. Roman legt sich neben mich. Ganz nah legt er seinen Arm um mich. Jetzt wird es wieder schlimmer. Ich heule. Sein Arm ist ganz schnell ganz nass während der andere Arm unaufhörlich über meinen Rücken streicht.

„Was ist denn lost? Willst du es mir nicht sagen?"

Ich schüttel heftig meine Kopf. Was sollte ich ihm auch sagen? Dass gerade meine gesamte Traurigkeit über mein trauriges Leben, meine traurige Jugend aus mir herausbricht? Ich weiß ja noch nicht einmal warum ich so sehr weinen muss. Mein Körper weiß es. Der ist schlauer als ich. Ich weiß nicht, warum ich uns hier jetzt alles zunichte machen muss. Wo ich doch sonst so ein cooler Eisklotz bin. Mein Körper weiß es besser. Tränen kennen wohl kein Ende. Statt mich zu beruhigen steigere ich mich immer mehr in mein Weinen hinein. Ich bekomme Angst nicht aufzuhören. Ich bekomme Panik. Ich bekomme keine Luft. Meine Beine zucken unkontrolliert. Ich schnappe nach Luft. Meine Arme rudern in Romans Umarmung als wäre ich ein Ertrinkender, der sich verzweifelt an die Wasseroberfläche kämpft. Roman fragt, ob er einen Arzt rufen soll. Ich bekomme noch mehr Angst. Noch mehr Panik.

„Hey, du machst mir Angst."

„Bitte sag mir doch was los ist. Du kannst mir doch alles sagen."

Wieder schüttel ich den Kopf.

„Soll ich dir ein Stück Papier und einen Stift geben, damit du es schreiben kannst, wenn du es nicht aussprechen willst?"

Ich beruhige mich wieder. Langsam aber sicher. Romans Fürsorge rührt mich sehr. Nach gefühlten Stundn gehen mir die Tränen dann doch aus. Romans Arm streichelt weiter. Ich fühle mich so geborgen.

„Es tut mir leid, dass ich dein T-Shirt nass gemacht habe", endlich kann ich wieder sprechen, wenn auch mit leiser, krächzender Stimme.

Roman lächelt und streicht mir über das verquollene Gesicht.

„Du wirst es mir heute nicht sagen, oder?"

Ich schüttel den Kopf.

Roman seufzt. „Wollen wir dann einfach noch einen Film im Fernsehen ansehen?"

Ich nicke.

Roman schaltet den Fernseher an. Der Film ist mir herzlich egal. Wir sind beide still und jetzt sind nur noch die Stimmen aus dem Bildschirm zu hören. Und ich höre Romans Atem neben mir. Ich mache die geschwollenen, feuchten Augen zu. Schlafe ein. Es ist seltsam aufzuwachen. Beziehungsweise es ist nicht seltsam aufzuwachen. Seltsam ist es sich an den gestrigen Abend zu erinnern. Es geht mir besser, aber was nicht geht ist die Schwere.

Das Frühstück verläuft relativ normal. Relativ, weil sich meine Stimmung immer noch im Keller befindet und Roman offensichtlich versucht das unerwünschte Gefühlschaos umzustimmen, ihm einen Stempel der Normalität aufzudrücken. Ich bin in unsere Gespräche mit einbezogen, aber nicht mit dem Herzen dabei. Als Roman unser Hotelzimmer für den heutigen Messetag, den letzten Tag, verlässt, bin ich vor allem wütend auf mich selbst. Und einsam. Heute wollte ich in die Stadt fahren, um sie mir ansehen. Aber so geht das nicht. Stattdessen lasse ich mich plump in das ungemachte Bett fallen. Ich hasse es so drauf zu sein. Ich mache alles kaputt. So war das alles nicht geplant. Mir ist langweilig, aber ich schaffe es auch nicht mich zu beschäftigen. Ich warte, dass die Stunden lautlos an mir vorüberziehen und bin dankbar, wenn sie meine Gedanken nicht allzu sehr quälen. Bereits gegen zwei Uhr Nachmittag kommt Roman zurück, meine Sachen habe ich bereits gepackt und ich bin bereit für die Fahrt nach Hause. Mich plagt das schlechte Gewissen. Hierher gefahren zu sein und nichts unternommen zu haben. Zu allem Überfluss habe ich Roman auch noch in eine unangenehme Situation gebracht und dem heutigen Tag damit den Garaus bereitet. Der Tag und ich, wir sind im Eimer. Ich werde noch stiller als sonst und irgendwann verstummt Roman gleichermaßen.

Die Autofahrt ist eine graue Straße in Endlosschleife. Das Fenster an Romans Seite ist heruntergelassen und dient als Aschenbecher. Eine nach der anderen zündet er sich an. Romans Fahrweise ist unruhiger als sonst. Liegt das an mir? Ist er einfach nur erschöpft vom arbeitsreichen Wochenende? Ich traue mich nicht zu fragen. Je näher wir meiner Stadt und meiner Wohnung kommen, desto grauer werden meine Wolken, auch wenn der echte Himmel das nicht spiegelt. Es ist so sonnig, dass die schwarzen Gläser meiner Sonnenbrille, auf die Audrey Hepburn stolz gewesen wäre, meine leisen Tränen verstecken. Ich fühle mich elend. Ich will Roman so nicht verlassen. Roman liefert mich ab.

„Es tut mir leid", schreibe ich ihm, sobald ich meine Reisetasche abgestellt und meine Wohnungstür verschlossen habe.

„Was tut dir leid?"

„Alles."

Ende Februar steht mein Geburtstag vor der Tür. Roman schrieb mir ich solle meine Sachen für eine Übernachtung packen. Was hat er vor? Ich freue mich tierisch, dass er etwas für mich plant. Die letzten Tage hatte ich Angst, dass dieser Tag bei ihm nicht von Bedeutung sei. Ich hatte Angst keine Nachricht, kein Ich-denk-heute-an-dich zu bekommen und gleichzeitig habe ich eine ebenso große Angst vor einem Geschenk. Das wäre mir unheimlich unangenehm. Etwas auspacken zu müssen und dabei ausgerechnet von ihm beobachtet zu werden. Mit Schauern erinnere ich mich an die Zeit um seinen Geburtstag letztes Jahr im Dezember. Ich hatte solche Angst ihm etwas zu schenken. Andererseits wollte ich ihn so gerne beschenken. Ich schenke gerne. Letztendlich fiel meine Wahl auf ein Parfum. Ich weiß, nicht gerade einfallsreich, aber ich wollte an seinem ersten Geburtstag auch nicht zu tief in meine kreative Trickkiste greifen. Standardgeschenk. Das erschien mir sicher. Und ich war auch absolut überzeugt von dem Duft. Bis dato war das mein absoluter Lieblingsduft für Männer. Teures und hochwertiges Geschenkpapier habe ich mir gekauft und noch nie so viel Geld für Geburtstagsgeschenke ausgegeben. Und trotzdem. Ich hatte so Angst an dem Tag zu ihm zu fahren und mein Geschenk zu überreichen. Ich kam mir so schäbig vor. Als sei alles, was von mir kommt, minderwertig und mit großer Scham behaftet. So fühlte ich mich. Ich schämte mich für das, was ich gebe, für das, was ich bin, für meine Idee, mein Handeln, mein Sein. Auch heute habe ich noch den intuitiven Drang verschämt nach unten zu sehen und mich zu schütteln, wenn ich daran denke. Dabei hatte Roman sich sogar gefreut. Er hatte gelacht, mich an beiden Schultern ins Badezimmer geführt und meinen Kopf Richtung Badregal gedreht, in dem ganz oben neben den anderen Pflegeprodukten ein identischer Flakon bereits sein Zuhause hatte. Eines seiner liebsten Parfums sei das, meinte er zu mir.

Es sei nicht weit, beruhigt mich Roman als er mich mit einem strahlenden Lachen mit seinem Auto abholt. Ich stelle meine Tasche auf den Rücksitz und steige neben ihm auf den Beifahrersitz ein. Tatsächlich fahren wir nur wenige Minuten bis Roman sein Auto durch die alte Mauer hindurch in den weiten, hüsch angelegten Hof des Schlosshotels lenkt, das betuchte Touristen in meiner Stadt um eine Unterkunft für die Nacht bereichert. Das alte Gemäuer und die reich verzierten Fassaden versprühen Wiener Charme. Scheu trete ich ein, zugleich sehr stolz. Das hätte doch nicht sein müssen, das ist viel zu pompös für meinen einundzwanzigsten Geburtstag.

„Ja, aber ich wollte eben etwas Besonderes. Nicht wirklich wegfahren, aber auch nicht nur zuhause rumhocken", versucht Roman mich zu beschwichtigen.

Also gut, ich will mich nicht weiter beschweren. Beim Check-In sind wir ein Paar, unter den neugierigen Blicken werde ich wie immer ganz klein, aber meine Freude wächst. Dann gehen wir auf unser Zimmer. Breite

Treppen unter uns, meine Schuhe klacken laut auf dem kalten Steinboden und hohe Gewölbedecken leiten uns die Stockwerke hinauf, bis wir vor einer weißen, bestuckten Tür Halt machen. Wo Roman den goldenen Schlüssel im Türschloss um die eigene Achse dreht. Mit einem leisen Klack öffnet sich die Tür und wir gehen hinein. Uns erwartet eine Suite aus vergessenen Zeiten. Geschwungene Möbel in Sandfarben, goldene Lampen und Armaturen. Ein modernes, großzügiges Badezimmer und ein großer TV-Bildschirm im Wohnzimmer scheinen die einzigen Zeugen der Neuzeit. Mit einem großen Ah lasse ich mich genüsslich aufs Sofa fallen.

„Gefällt es dir?", fragt mich Roman.

Ich bejahe, er gibt mir einen Kuss.

„Das freut mich."

Dann entführt mich Romans ins Schlafzimmer. Wir schlafen miteinander. Schnell.

„Ich habe dich jetzt gebraucht."

Ein Kuss. Wir werfen uns Bademäntel und weiße Badelatschen über und gehen vor dem Abendessen in den kleinen Wellnessbereich im Keller. Anfangs verlaufen wir uns, aber kurz darauf erreichen wir unser Ziel. Der Wellnessbereich kann mit den luxuriösen Anlagen in Spa-Hotels auf keinen Fall mithalten. Es wirkt alles sehr provisorisch, die kleine Saunakabine, eine Whirlpool-Badewanne und ein paar Liegen bereichern das Untergeschoss und geben ihm tatsächlich eher den Anschein eines Kellers im Haus eines ehrgeizigen Handwerkers.

Oder wie Roman meint: „Die haben für den vierten Stern noch einen Wellnessbereich gebraucht und auf die Schnelle einen zusammengebastelt."

Aber für mich ist es okay. Ich bin froh, dass heute Sonntag ist. Somit sind nur sehr wenig Gäste im Hotel und wir haben den Wellnessbereich für uns alleine. Nach einem kurzen Saunagang steigen wir in den Whirlpool, der für uns zwei gerade so Platz bietet. Zuerst setzte ich mich Roman gegenüber, fühle mich jedoch nicht so wohl. Dann drehe ich mich um, liege in seinen Armen und lasse meinen Kopf auf seiner Brust ruhen. Stundenlang könnte ich hier so liegenbleiben. Wir werden ganz ruhig. Ganz entspannt. Roman fährt mir sanft über meine Arme. Irgendwann ist das Wasser jedoch kalt geworden, zum

Aufwärmen gehen wir noch einmal kurz in die Sauna und dann zurück ins Zimmer. Dort ziehen wir uns um, bevor wir uns kurzerhand wieder auf den Weg ins Erdgeschoss machen. Das rustikale Hotelrestaurant zeigt die gleichen Gewölbedecken auf wie die hohen Flure, im großen Kamin prasselt ein gemütliches Feuer. Auch hier sind nur wenig Tische besetzt und wir angeln uns einen gemütlichen Ecktisch neben dem Kamin. Es gibt nur ein Menü auf der Karte, aber nach kurzem Abklären mit der Küche, wird uns mitgeteilt, dass ich auch eine vegetarische Variante auf den Teller bekommen könnte. Ich bedanke mich überschwänglich. Roman und ich unterhalten uns den ganzen Abend angeregt, das Essen schmeckt fantastisch. Nach meinem Teller frisch zubereiteter Gnocchi mit Tomatengemüse und Basilikum bestelle ich mir den Nachtisch. Roman sieht mir belustigt dabei zu wie ich den Eisbecher mit beschwipsten Birnenkompott genussvoll verdrücke. Noch lange sitzen wir am Feuer. Wir sind die letzten, die gehen. Über die Freundlichkeit des Servicepersonals und dem Entgegenkommen seitens der Küche so erfreut, drückt Roman der Bedienung großzügig einen Schein Trinkgeld in die Hand. In unserer Suite bestellt Roman dann noch zwei Gläser Sekt beim Zimmerservice, um auf meinen Geburtstag morgen anzustoßen. Solange wir auf den Sekt warten, google ich auf Romans Tablet nach guten Italienern. Morgen möchte ich mit meiner Familie nämlich gerne essen gehen. Beziehungsweise mit meinen beiden Geschwistern, denn meine Mutter befindet sich momentan im Krankenhaus. Sie kommt einfach nicht über den Tod ihrer Mutter hinweg. Während sich Roman kurz ins Schlafzimmer der Suite verdrückt, tippen meine Finger auf den Internetbutton. Schock. Roman hat seine Chronik wieder nicht gelöscht und mir springen verschiedene Sexseiten auf dem Bildschirm entgegen. Keine Pornoseiten. Seiten zum Austausch sexueller Dienstleistungen. Oder einfach nur zum Spaß. Reale Treffen. Zu meinem Leidwesen sehe ich durch eine farblich hervorgehobene Markierung welche Kategorien Roman wohl angeklickt hatte. BDSM. Masochisten. Greta, vierunddreißig, lässt sich liebend gerne verhauen. Schmerzen. Mein Geburtstag fällt von himmelhoch jauchzend zu zum Tode betrübt. Schnell klicke ich die Seiten weg und lege das Tablet unbenutzt zu Seite.

„Na? Hast du was gefunden?", fragt mich Roman fröhlich als er aus dem Schlafzimmer zurück ins Wohnzimmer kommt.

„Naja, ich denke ich werde morgen nochmal nachsehen, wenn ich zuhause bin", meine ich.

„Okay, wie du willst."

Jetzt klopft es an der Tür. Der Sekt. Die Hotelangestellte trägt das Tablett mit den zwei prickelnden Gläsern auf den Tisch vor dem Sofa. Ich versuche zu lächeln während Roman mit ihr scherzt. Die gute Miene zum bösen Spiel. Wir sind jetzt wieder allein.

„Auf dich", Roman greift nach den Gläsern, drückt mir eins in die Hand und prostet mir zu.

Mir ist nach allem nur nicht aufs Anstoßen auf meinen Geburtstag zumute. Aber ich gebe mein bestes.

„Mir ist übrigens ein Name für deine Spinne eingefallen", Roman lächelt mich an, „was hältst du von Marlene?"

Ich muss kurz stutzen. „Ich weiß nicht."

„Naja, wie du magst, es ist natürlich dein Haustier."

Ja, bei der Auswahl eines Geburtstagswunsches dieses Jahr fiel meine Wahl auf eine Spinne. Angezogen von der Exotik der Tiere hatte ich mir in den Kopf gesetzt ein solches als Haustier zu halten. Vor zwei Tagen waren wir in der Tierhandlung und haben meine neue Mitbewohnerin samt Terrarium und Zubehör abgeholt. Eine Spinne. Ein Kompromiss an meinen Wunsch für einen Wohngefährten und meine Unfähigkeit bei zu viel Verantwortung im Leben.

„Irgendwann musst du sie mir auch mal persönlich vorstellen."

Ein Lächeln schleicht sich wieder in mein Gesicht. Dennoch bleibe ich wortkarg und kurz darauf beschließen wir ins Bett zu gehen. Zuvor kann ich es jedoch nicht lassen meiner Schwester eine kurze Nachricht zu schreiben. Sie und mein Bruder mögen morgen bitte nicht kommen. Mein Geburtstag sei damit abgesagt. Mir ginge es nicht gut. Beim Zähneputzen verdränge ich ein paar Tränen. Als ich von Roman abgewendet im Bett liege, spüre ich, dass er noch nicht wirklich müde und bereit zum Schlafen ist.

„Wie war denn eigentlich dein achtzehnter Geburtstag? Hast du groß gefeiert?"

Das ist zu viel und ich fange an zu weinen. Mein Leben vergleicht sich mit dem anderer Jugendlicher. Junge Menschen, die sich und ihr schönes Leben feiern. Mein achtzehnter Geburtstag fiel in das Jahr des großen Schweigens. Meine Eltern und vorrangig meine Mutter – an meinen Vater habe ich überhaupt keine Erinnerungen aus dieser Zeit, als hätte er nicht existiert – bemühten sich um Normalität. Resigniert nahm ich meine Geschenke damals entgegen. Eine Karte mit viel Geld und den Worten man wäre doch immer für mich da. Ich könnte kotzen. Den Rest des Tages verbrachte ich in Stille in meinem dunklen Zimmer. So wie immer in dieser Zeit.

„Hey, hab ich was Falsches gesagt?", Roman wundert sich über die fehlende Antwort.

Ich kann jedoch kein Wort hervorbringen. Bin wie immer erstarrt angesichts zu vieler Emotionen, die ich doch auch nicht spüren kann. Sie sind jedoch da. Unter der Oberfläche.

„Ich bin nur müde", presse ich hervor.

Und irgendwann schlafen wir wirklich ein. Am Morgen warten auf mich besorgte Nachrichten meiner Schwester. Was los sei. Ob sie nicht doch kommen sollten. Das würde mich doch bestimmt aufmuntern. Gerne würde ich alles wieder zurücknehmen, gerne würde ich sie sehen, aber es ist zu spät. Ich kann nicht. Ich muss weiter leiden. Roman fährt mich zurück. Als wir das Hotel verlassen laufen wir an einer Spiegelwand entlang und ich bin erschrocken über die junge Frau, die neben Roman läuft. Sie sieht irgendwie so hübsch aus. Gar nicht wie ich. Zwei Wochen später sendet mir Roman ein Bild einer grau-rosa Vogelspinne, die in einem großen, grünen Terrarium in seiner Wohnung sitzt.

„Gestatten, Rosemarie."

Ist das sein Ernst? Er ist doch verrückt: Ich muss lachen so sehr freue ich mich.

„Ich habe jetzt übrigens einen Namen für meine Spinne gefunden. Marlene."

Roman hatte schon länger darüber gesprochen, aber die letzten Tage und Wochen werden die Pläne konkreter, bis das Datum steht. Anfang April fahren wir für ein Wochenende in die Berge und lassen uns in einem Wellnesstempel verwöhnen. Wahnsinn. Das sind beinahe drei ganze Tage, die ich mit Roman verbringen darf. Wahnsinn. So etwas gab es noch nie. Ich freue mich. Ich habe Angst vor meiner Launenhaftigkeit. Fühle wieder den Druck stets gute Laune abliefern zu müssen. Aber ich freue mich. Der Frühling erhielt Einzug in die Welt und auch heute, als mich Roman von zuhause abholt und wir uns auf den Weg Richtung Süden machen, scheint die Sonne ganz sanfte Strahlen auf unseren Erdfleck. Die Fahrt vergeht im Flug. Ich fühle mich gut heute, habe mir wieder Mühe mit meinem Äußeren gegeben und wandle als schwarze Schönheit durch das Hotel. Höflich werden wir mit Sekt begrüßt und man führt uns eigenhändig in unsere Suite, die sich ganz oben befindet und einen traumhaften Blick über die Landschaft beschert. Ich kann meinen Augen nicht trauen. Die Suite ist riesig. Die hundert Quadratmeter sind ein Traum aus cremefarbenen Flausch und frischem Holz, dessen Duft ich gierig inhaliere und nicht mehr missen möchte. Eine kleine Terrasse führt aus dem Wohnzimmer ins Freie. Ein weitläufiger Balkon aus dem Badezimmer. Regenwalddusche. Infrarotkabine. Aber das Highlight bildet das großzügige Schlafzimmer. Am massiven Doppelbett vorbei führen kleine Stufen zu einem kreisrunden Whirlpool, in den sicher sechs Leute bequem Platz gehabt hätten und der sich perfekt in die runde Turmwand einfügt. Sieht man nach oben reicht der Blick durch die verglaste Turmspitze in den wolkenlosen Himmel. Ich bin überwältigt und finde keine Worte. Meine Außenwirkung spiegelt meine Begeisterung definitiv nicht wieder. Roman ist hellauf begeistert und nimmt mich innig in den Arm, nachdem wir beide mehrmals durch unser neues Zuhause für die nächsten zwei Nächte gestiefelt sind, um alles genauestens unter die Lupe zu nehmen und die Schönheit der Unterkunft gebührend wirken zu lassen. Die Zeit verschwimmt viel zu schnell. Wir baden in Pools, schwitzen in der Sauna, zerschmelzen unter kräftigen Massagehänden, tauchen mit großem Appetit in das ausladende Frühstücks- und Nachmittagsbuffet. Nach dem Abendessen, das aus fünf köstlichen Gängen besteht, kommt die Krone des Tages. Wir ziehen uns zurück, in Vorfreude auf einen gemütlichen Abend im Pool. Der erste Abend ist wunderschön. Ich sitze zwischen Romans Beinen, seine Arme umschlingen meinen Körper, während meine Welt in blubbernden Wasserbläschen versinkt, die zu alldem auch noch die Farbe wechseln, als hätte man eine Discokugel auf dem Boden der Wanne installiert. Am zweiten Abend entdeckt Roman dann leider, dass man den Fernseher, dessen Bildschirm Richtung Bett zeigt, auch umdrehen kann. Die Romantik ist dahin, aber ich sage nichts. Bin ganz allein traurig meinen Rang an ein elektronisches Gerät abgeben zu müssen. Ein Moment bleibt mir besonders in Erinnerung. Weil ich bereue nicht mutiger gewesen zu sein. Nach dem Abendessen spielt Musik und Roman fragt mich plötzlich, ob ich mit ihm tanzen möchte. Oh, nein, das kann ich nicht. So viele Augen, so viel Unsicherheit. Ich rede mich ohne triftiges Argument heraus. Ist Roman jetzt enttäuscht? Ob er merkt, dass ich mich unwohl fühle? Stichelt er deswegen so scherzhaft weiter auf das Thema ein? Plötzlich wird mir übel und schwindlig. Habe Angst hier einfach so umzukippen und das versammelte Personal auf mein bewusstloses Sein zustürmen zu wissen.

„Dann gehen wir besser nach oben. Da kannst du dich hinlegen", Roman sieht mich besorgt an.

Oben geht es mir schlagartig besser und ich bin wieder ganz die Alte. Ich wünschte ich wäre ein Mensch mit Mut im Herzen. Ein Mensch, der keine Angst vor den Blicken anderer hat und der es zulassen kann für das gesehen zu werden, das man ist. Aber so ein Mensch bin ich nicht. Ich bin ein Angsthase. Meine Träume verbringe ich mit Roman tanzend. Während der ganzen drei Tage schlafen wir nicht miteinander.

„Es war irgendwie alles so entspannend, da hat das einfach nicht gepasst", kommentiert Roman den Sachverhalt im Nachhinein.

Ich bin glücklich. Denn gerade habe ich erfahren, dass Roman wahrscheinlich auch dann gerne mit mir Zeit verbringt, wenn es nicht zu Körperlichkeiten kommt. Ich fühle mich besonders wertvoll in diesen Tagen.

Irgendwann färbt sich der Himmel jedoch dunkel und grau. Ich weiß nicht warum, aber unsere Beziehung, wenn ich das einmal so nennen darf, tut mir nicht gut. In meinem Kopf kreisen unaufhörlich Gedanken an eine strikte Trennung. Ich denke und denke, schreibe Pro- und Contra-Listen. Was spricht gegen eine Trennung? Ich kann einfach nicht mehr mit ihm schlafen. Oder will ich das nur nicht? Er kennt mich nicht, die Wahrheit über mich kann ich ihm jedoch auch nicht mitteilen. Dafür fehlt mir der Mut. Ohne Roman wäre ich frei. Ich könnte mich auf andere Sachen, andere Menschen konzentrieren und wirklich glücklich werden. Außerdem geht es ihm vor allem langfristig sowieso besser ohne mich. Er sollte seine Energie nicht an mich verschwenden. Das habe ich nicht verdient. Aber vor allem halte ich es einfach nicht mehr aus. Ich kann es nicht länger ertragen meine eigenen Unsicherheiten und Zweifel so deutlich zu spüren. Jeder Tag eine Pein in meinem Kopf, auf die es nur eine Antwort zu geben scheint. Ich halte es nicht mehr aus die Geschichten über vergangene Liebschaften seinerseits zu hören. Wozu braucht er mich, wenn er doch jede haben könnte? Ich hasse es eine Frau zu sein. Frauen leiden wohl mehr. Ich halte es nicht mehr aus meinen eigenen Ekel und meine Unwürdigkeit so zu sehen und zu fühlen. Außerdem liebt er mich sowieso nicht. Das kann gar nicht sein. Er vertraut mir nichts an.

Ich müsste keine Angst mehr haben es nie zu schaffen mit ihm zusammen zu sein. Ich müsste keine Angst haben, dass er mich irgendwann nicht mehr liebt. Ich habe Angst davor meine Gefühle ewig fühlen zu müssen. Die Contra-Seite, die sich gegen eine Trennung ausspricht, ist furchtbar traurig, weil sie nur drei mickrige Punkte aufzählen kann, die ihren Wunsch unterstützen. Ich liebe ihn. Ohne ihn hat mein Leben keinen Halt und wenn ich mich trenne muss ich mich bis ans Lebensende hassen, weil ich das zerstöre, das ich mir immer gewünscht hatte. Warum tut mein Wunsch nur so weh? Ich bin am Boden.

„Sorry, geht heute leider nicht."

Romans Nachricht gibt mir den Rest und schlägt mich K.O. Ich bin so enttäuscht, weil ich mich so gefreut hatte und meine gesamte Tagesplanung nach unserer Verabredung ausgerichtet hatte. Ich bin wütend, weil er mir diesen Brocken einfach so hinwirft, ohne Rücksicht auf meine Gefühle zu nehmen. Wie immer bin ich ihm scheißegal! Wahrscheinlich wollte er mich nur nicht persönlich abholen. Wenn ich mich einmal überwinde und ihn um etwas bitte! Das werde ich nicht wieder tun!

Ich bin wütend auf mich, dass ich ihn überhaupt gefragt hatte, ob er mich mit dem Auto abholen kann. Dabei wollte ich ihn doch sowieso nicht sehen und hatte es mir strikt vorgenommen eisern zu sein und eisern zu bleiben. Ich hasse es so schwach zu sein. Ich bin selbst schuld daran, wenn ich enttäuscht bin. Ich muss mich schneiden. Das Ritzen, es häuft sich. Die Bulimie wird stärker je länger ich ihn kenne. Das ist kein gutes Zeichen. Er muss weg von mir. Nur wenige Stunden dauert es bis ich auf allen Vieren zurückkrieche. Mit eingekniffenem Schwanz frage ich ihn, ob er dann wann anders Zeit für mich hätte. Übermorgen vielleicht? Ja. Ich bin glücklich. Während ich mich hasse.

Wieder klappt es nicht. Er hat keine Zeit. Jeden Tag werfen mich meine Gefühle hin und her. Hilflos ausgeliefert bin ich ihnen. Wenn es wenigstens schöne Gefühle wären. Was würde ich darum geben. Selbst wenn ein Hoch mich trifft, so hält es nie lange an. Ich kann das nicht mehr! Es ist Sonntag. Das innere Brodeln steht im starken Kontrast zum gesellschaftlichen Ruhetag, zu dem der Sonntag eigentlich doch degradiert wurde. Ich sage Roman, dass wir uns nicht mehr sehen werden. Es kam unüberlegt, weil ich plötzlich wütend geworden bin.

Dennoch erscheint mir dieser Schritt als der richtige. Auch wenn ich nicht hundert Prozent dahinter stehe. Trotzdem. Das dient doch lediglich meinem Schutz. Heute fiel es mir wie Schuppen von den Augen. Seitdem geht es mir etwas besser. Fühle mich leer und emotionslos. Ich war überrascht kein einziges Mal geweint zu haben. Ich bin erleichtert. Als wären alle Gefühle und Gedanken, die an ihm hafteten, in einen Koffer gepackt und weggesperrt. Dann denke ich daran was wir schon alles zusammen erlebten, wie schön es manchmal war. Dann kommt Panik auf. Soll es das jetzt einfach gewesen sein? Das Gute ist: Ich fühle mich wieder stark. Unnahbar. Besser. Ich kann mich ganz allein auf mich konzentrieren. Wenn ich mir vorstelle mich erneut bei ihm zu melden, spüre ich Abneigung und Ekel. Diese Handlung ein Zeuge meiner Schwäche. Das darf nicht wieder passieren. Ohne ihn bin ich besser dran. Oder? Wird es mich irgendwann einholen? Kann ich das dann aushalten? Aber es ist die einzige Möglichkeit, so traurig sie auch sein möge. Mache ich einen Fehler?

Ich stinke. Bin ekelhaft. Komme vom Kunden. Bin in seiner Stadt. Wäre so gerne bei ihm. Jetzt. Aber das kann ich doch nicht machen. Als ob ich nicht schon grausam genug wäre. Soll ich ihn fragen, ob ich heute bei ihm übernachten darf? Dabei hab ich doch gar kein Gepäck dabei. Dann wäre der Start morgen in den Tag wieder suboptimal. Ich wollte doch Sport machen morgen. Das wäre dann auch für die Tonne. Das wäre nicht gut für Morgen. Wer weiß was passierte, sollte ich morgen dann wieder alleine sein.

„Darf ich heute kommen?"

„Du, ich bin grade auf einem Geburtstag. Aber das dauert nicht mehr lange. Dann gerne. Warum so spontan heute?"

Ich bin enttäuscht. Dann Fragen über Fragen. Fragen, die ich nicht beantworten kann, aber auf die ich doch nicht lügen kann. Fragen, die uns beiden nicht gut tun. Fragen, die das Böse kitzeln. Wo ich bin? Warum ich hier bin? Was ich gemacht habe? Warum tut er sich das an? Er weiß es doch ganz genau. Ich versuche die Sprache auf Anderes zu lenken. Warum kann er mein Leben nicht ignorieren und mich liebend in die Arme schließen? Ich wünsche es mir so sehr. Warum spielt alles, das ich nicht bin, so eine große Rolle? Die Stimmung kippt. Jetzt ist es raus. Wo ich war. Jetzt will er mich heute bestimmt nicht mehr sehen und der Boden nimmt meine zerstörte Seele gnädig auf.

„Ich hätte dich heute sowieso nur geschlagen und dir weh getan."

Was? Schock. Wie gelähmt stehe ich am verlassenen Bahnhof. Diese Worte lassen mich nicht los. Wickeln mich ein, als ob sie mein Herz erdrückten. Meine Welt schwankt.

„Ist das dein Ernst?", ich kann es einfach nicht fassen.

„Ja."

„Warum?"

„Strafe."

Der Schock verfolgt mich wie ein ewiges Echo. Nimmt mich ein. Nimmt mich hinfort. Zurück zu meinem Kern. Den der Lebensmut so lange schon vor so langer Zeit verließ.

„Macht dir das Spaß?"

„Befriedigung."

Ich schreibe einen Brief. Einen Brief, den nie jemand zu lesen bekommt.

„Lieber Roman, in letzter Zeit habe ich viel über uns nachgedacht. So wie immer. Ich nahm mir sogar vor dir zu sagen, dass ich dich liebe und mir so wünsche mit dir zusammen zu sein. Sehr lange dachte ich auch darüber nach mit der Prostitution aufzuhören. Und um ehrlich zu sein weiß ich nicht wirklich, ob ich das in die Tat umsetzten könnte. Jedenfalls wäre es sehr schwer für mich. So oft malte ich mir eine bunte Zukunft mit dir aus. Als ich diese Träumereien jedoch in der Realität pflanzen wollte, bekam ich Angst. Angst, dass ich das nie könnte. Als ob ich Angst davor hätte glücklich zu sein. Was du mir gestern gesagt hast... Es fühlt sich an als wäre dadurch viel in mir kaputt gegangen. Als könnte ich das nicht einfach verdrängen, nicht einfach verarbeiten. Als hätte es vielleicht sogar alles vernichtet. Es tut weh."

Was Roman wohl denken würde, wenn er ihn denn je lesen würde? Mir ist als würden meine Gefühle bei ihm jedoch nicht sicher aufgehoben. Ich habe kein Vertrauen, dass er sorgsam und liebevoll mit ihnen umzugehen würde. Ich weiß mir einfach nicht zu helfen. Stattdessen schreibe ich ihm, dass in drei Tagen der errechnete Geburtstermin wäre. Ich weiß nicht, was ich von ihm erwartete. Vielleicht gespielte Anteilnahme, durch ein kurzes „Oh, das tut mir leid." Ich war nicht vorbereitet auf das, was zurückkam. Ich war nicht vorbereitet auf so viel Sanftheit und Verletzlichkeit, die man in zwei kurze Wörter legen kann. Mir war nicht bewusst, dass Verbundenheit so schmerzhaft sein kann.

„Unseres Babys?"

Roman. Wer bist du nur? Wie kannst du mir so etwas schreiben, wo ich doch ständig Zweifel an deiner Aufrichtigkeit und an deinen Worten hege? Spielst du nicht nur mit mir? Wenn Seitensprünge für dich nichts sind, warum hast du dich dann überhaupt mit mir verabredet? Magst du mich nur, weil ich jünger bin als du? Magst du mich überhaupt? Nie sprichst du ernst mit mir. Du bist so beliebt, so wunderschön, du brauchst mich doch nicht. Verheimlichst du mir Dinge? Du verstehst mich doch nicht. Ich bin dir immer egal. Wenn wir ehrlich sind, dann geht es doch nur bergab mit uns. Ich bin jedenfalls tief getroffen und meine Welt versinkt erneut in einsame Tränen.

Ich liege seit Stunden wach und kann nicht schlafen. Jetzt fällt schon das erste Tageslicht durch meine Lamellen am Fenster. Ich kann heute nicht aufstehen, ich will das heute nicht tun müssen. Dabei habe ich das früher doch auch schon geschafft und ich weiß doch eigentlich, dass ich mich nur überwinden muss rauszugehen. In den Zug steigen, meinen Autopilot-Modus aktivieren und den Tag wie gewohnt hinter mich zu bringen. Ganz sacht setzte ich einen Fuß nach dem anderen auf den kalten Fußboden und schleppe mich benommen ins Badezimmer. Irgendetwas ist heute anders. Der Gedanke wieder nach München fahren zu müssen, mich wieder in diese Wohnung begeben zu müssen, nimmt mir meinen Atem und ich verfalle in Panik. Bilder der letzten Male fressen sich in meine Augen.

So viele Hände, Finger, Scherze und Gelächter. Ist es wirklich so schön, dass es ein Anlass für Gelächter ist, das vom Herzen kommt? Die andere, Sina, liegt auf der großen Matratze in dem Zimmer in der Altbauwohnung. Der Raum hat kaum Möbel. Eine großer, offener Schrank an der Wand, ein altmodisches graues Sofa mit verblasstem, fleckigem Muster. Und die Matratze mit Sina. Sina ist nackt und auf ihr dieser blonde Typ. Beide unterhalten sich mit unserem „Gruppenleiter", dem Verantwortlichen bei dem Geschehen, das regelmäßig in dieser Wohnung stattfindet. Ich sitze zwischen seinem Schoß, denn zu meiner Aufgabe gehört, ihn zwei Mal oral zu befriedigen bevor die eigentlichen Gäste kommen. Dieses Bild mit dem jungen Mädchen, in das der Freier unaufhörlich stößt, die ausbleibenden Reaktionen. Das Gefühl, das so viele Menschen sich selbst belügen, indem sie ihre wahren Gefühle, die vielleicht an der Oberfläche kratzen mögen, niemals durchsickern lassen. Das Licht, das damals durch die weißen Vorhänge schien, wurde durch den Stoff zwar angenehm verteilt, war aber dennoch viel zu hell. Sina lacht auch, gibt aber nicht zu erkennen, dass ihr das Körperliche in irgendeiner Form Freude bereitet oder Befriedigung bringt. Sie liegt einfach da. Ich weiß, dass sie einen Freund hat, aber das hat ja nichts hiermit zu tun. Weil, hier, das ist schließlich nur Sex. Ich frage mich, ob Sina wirklich so gerne regelmäßig zu diesen Treffen geht, weil die Männer nett sind und die Stimmung gut. Oder sind wir uns vielleicht gar nicht zu unähnlich? Ich merke es in diesem Moment nicht, da ich keinen Zugang zu mir habe, aber ich muss von außen betrachtet genauso sein. Zwar schüchtern und eher still, aber schließlich lächle ich die gesamte Zeit über, lache mit wenn ein Scherz gemacht wird und erwidere die Flirtereien der Männer, die kommen und gehen. Nach vier Stunden ist es vorbei. Nachdem ich mit einem Augenzwinkern versichere, dass ich mich schon auf das nächste Wiedersehen freue, nehme ich mein Geld und verschwinde. Der Moment in dem das Geld in meinen Besitz übergeht und ich an der frischen Luft die Türe hinter mir schließe, kommt mir das Tageslicht so viel freundlicher vor, als noch vor wenigen Stunden. Ich bin so erleichtert, fast schon euphorisch. Auf dem Weg zum Bahnhof macht sich ein Gefühl in mir breit, als hätte ich gerade eine schwere Aufgabe gemeistert und hinter mich gebracht. Das Gefühl ist aphrodisierend und berauschend. Im Zug, der mich nach Hause bringt, esse ich völlig ausgehungert den Magerquark und die Blaubeeren, die ich mir für den Tag mitnahm. Ich bin froh den Tag über so beschäftigt gewesen zu sein, denn wenn man beschäftigt ist, denkt man nicht daran zu essen. Und wenn man nicht isst nimmt man ab. Und wenn man abnimmt wird man dünn. Und wenn man dünn wird, wird man glücklich und schön. Während der Zug die Stadt verlässt und sie in tausend Schatten hinter sich lässt, fange ich plötzlich an zu weinen. Ganz still und heimlich laufen mir die Tränen aus den Augen und fallen in meinen Schoß. Ganz still, denn der Zug ist wie immer ziemlich voll. Gott sei Dank habe ich lange Haare, die mir an einer Seite ins Gesicht fallen, so dass mich niemand sieht. Das hoffe ich jedenfalls. Nach jedem Hochgefühl kommt der Fall und mit ihm die Leere. Und mit der Leere kommt die Sehnsucht. Die Sehnsucht nach Roman. So gerne wäre ich jetzt in seiner Wohnung, in seinen Armen, würde mich in seinen Augen verlieren, seinen Duft einatmen und mich im Klang seiner wunderschönen Stimme so geborgen fühlen, wie ein Kind in den Armen seiner Mutter. Ich stehe im Gang der von den Gleisen zum Bahnhofsgebäude führt und schreibe ihm eine Nachricht, ob ich heute noch zu ihm fahren kann. Auf seine Frage wo ich war antworte ich wahrheitsgemäß, worauf er mir zu verstehen gibt, dass das keine gute Idee sei, da er mir sonst wehtun würde. Die Worte treffen mich wieder wie ein Schlag. Ein Schlag, der das Gefühl einer dumpfen Starre hinterlässt, die alle Wärme, die sich aus Vorfreude ausgebreitet hatte, zu Nichte macht. Ich renne in den Tunnel, ich renne, ich schreie, ich renne, aber es will sich keine Erschöpfung einstellen, auf die normalerweise Erleichterung folgt. Ich renne und ich will nicht mehr rennen. Nachdem ich in dem Gang, der mit zu hellem

Neonlicht erleuchtet ist, zwischen den Menschen, die sich an ihr vorbeidrängeln, mein Handy wieder in meiner Tasche verstaue, mache ich mich auf den Weg nach Hause. Mittlerweile ist es draußen stockdunkel.

Ich kann das nicht mehr. Habe es noch nie gekonnt. Gehetzt und mit tränenverschmierten Wangen laufe ich in meiner kleinen Wohnung auf und ab, versuche wieder atmen zu können, was mir gründlich misslingt. Was kann ich tun, um dem Tag eine andere Wendung zu geben. Ich will das alles nicht mehr. Ich will dort nicht hingehen. Am liebsten würde ich jetzt bei Roman sein, mich schluchzend in seine Arme fallen lassen und mich trösten lassen bis meine Tränen versiegen. Aber ich weiß zu gut, dass ich den Tag heute durchziehen muss und vielleicht wird meine Belohnung ein Gefühl von Stolz sein, das mich am Tagesende überschwemmt. Weil ich stark war und wieder über mich selbst hinausgewachsen bin. Weil ich so viel Geld verdient haben werde. Irgendetwas stimmt nicht mit mir. Meine Gedanken an Roman intensivieren meine Trauer über den Tag, der noch nicht gelebt wurde und plötzlich wünsche ich mir nichts sehnlicher als zu sterben. Wobei, ich weiß nicht, ob ich wirklich sterben möchte. Was ich weiß ist, dass ich nicht mehr existieren möchte. Nicht mehr fühlen. Nicht mehr leiden. Nicht mehr funktionieren. Nicht mehr krank sein vor unerfüllter Liebe. Ich will aufhören zu atmen, wenn es mir doch schon so schwerfällt. Aber ich habe Angst vor den Reaktionen meiner Familie, auch wenn ich sie dann nicht mehr mitbekomme. Dennoch habe ich Angst davor sie zu enttäuschen, sie traurig zu machen und kein gutes Mädchen zu sein. Wieder muss ich an Roman denken und meine Trauer fällt in ein bodenloses Fass. Ich will so nicht mehr leben. In der Bodenlosigkeit empfängt mich die Hilflosigkeit. Sie empfängt mich mit einer sanften Umarmung und flüstert mir leise zu.

„Erlösung. Dann ist alles vorbei."

Meine Klinge schneidet tiefer in den Unterarm als jemals zuvor, begleitet durch ein verzweifeltes Stöhnen, es tut gar nicht weh. Der Schnitt ist tief, ich blute stark. Jetzt sitzt die Klinge auf meiner Hauptschlagader. Ich will nicht mehr nachdenken, es einfach tun und trotzdem fällt der Schnitt weniger tief aus als gerade eben. Ich bin enttäuscht von mir, verfluche mich für meine Schwäche während meine Tränen ein gequältes Duett mit den nassroten Schlieren auf meinem Unterarm singen. Plötzlich bin ich zu Tode erschöpft und das Blut, das aus mir herauspulsiert, macht mir Angst. Plötzlich habe ich Angst wirklich zu sterben. Das habe ich doch nicht gründlich genug bedacht! Im Nachhinein werde ich mich nicht mehr erinnern können, ob ich meiner Mutter eine Textnachricht schrieb oder sie anrief. Ich weiß auch nicht mehr wie ich ihr gesagt habe, was gerade passiert, aber schlussendlich ruft sie einen Krankenwagen, der mich abholen wird. Als es an der Tür klingelt, ich öffne und die zwei Sanitäter bei mir in der Wohnung stehen, schäme ich mich ganz schrecklich für den Zustand, in dem ich mich befinde. Für die Kleidung, die ich trage und für die Wohnung, in der ich wohne. Es wird nicht besser als ich das Haus verlassen muss, um in den Wagen zu steigen. Nur ein paar Meter vorbei an den Passanten, einfach immer nur auf den Boden schauen. Der Krankenwagen fährt mich in die Ambulanz des nächsten Krankenhauses. Gnädigerweise sprechen die Sanitäter nur wenig und lassen mich zum größten Teil in Frieden. Ich fühle mich elend. Die nächste Szene, an die ich mich erinnern kann, ist, dass ich in einem sterilen, nach Desinfektionsmittel riechenden Zimmer des Krankenhauses auf einer weißen

Behandlungsliege liege und die brünette Ärztin mit dem kurzen Pferdeschwanz meine Wunden wieder zusammennäht. Auf die erstaunte Frage der assistierenden Praktikantin woher meine Verletzung denn stamme, handelt sie sich lediglich einen vernichtenden Blick der Ärztin ein. Daraufhin macht die Praktikantin auf dem Absatz kehrt und widmet sich mir den Rücken zugewandt der Desinfektion und Reinigung der Metallinstrumente, die auf der Ablage vor ihr ausgebreitet liegen. Wieder schäme ich mich, halte meinen Blick auf die Decke geheftet und bete inständig, dass sich ab morgen niemand hier mehr an mich erinnern wird. Das Nähen ist zwar schmerzhaft, aber nicht der Rede wert und als die Ärztin fertig ist und mit der Praktikantin das Zimmer verlässt, warten bereits zwei Polizeibeamte an der Tür. Nach einem kurzen geflüsterten Gespräch mit der Ärztin treten sie ein, um die Tür hinter sich verschließen. In das vorherrschende Schamgefühl mischt sich Panik und ich versuche verzweifelt meinen Atem zu beruhigen. Ich habe Angst. Der ältere der beiden stellt sich und seinen Kollegen vor.

„Hallo Frau Müller. Mein Name ist Wieninger, das ist mein Kollege Duroskov. Nur ganz kurz, damit Sie über unser Auftauchen hier bescheid wissen. Bei Suizidversuchen müssen wir gesetzlich verständigt werden, um uns ein Bild über den Betroffenen zu machen und um über eine etwaige Stationierung zu entscheiden. Wie geht es Ihnen denn jetzt?"

Ich habe keine Kraft zu sprechen und weiche den Blicken aus.

„Frau Müller?"

„Mir geht es gut."

Die Polizisten tauschen eingängliche Blicke und jetzt wendet sich der jüngere der beiden mit warmer Stimme an mich.

„Frau Müller, wir müssen Sie das fragen. Wollten und vor allem wollen Sie sich etwas antun?"

Alles was ich tun kann ist den Kopf leicht zu schütteln. Ich will allein sein.

„Ich denke wir bringen Sie trotzdem vorsorglich auf Station für 24 Stunden. Dort sind Sie sicher. Vielleicht können Sie dort wieder ein bisschen zu sich kommen."

Bin ich das wirklich? Ich bin niemals sicher solange ich denken kann. Auf der Station nimmt man meine Personalien auf, mir wird Blut abgenommen und ein Bett im großen Gemeinschaftsraum zugewiesen. Erst jetzt wird mir klar, dass man mich tatsächlich in eine geschlossene Station gebracht hat. Die Eingangstür kann von innen nur mit Schlüssel geöffnet werden und steht permanent unter Beobachtung. Ich fühle mich nicht wirklich wohl, es ist ein äußerst seltsames Gefühl hier zu sein und gesehen zu werden. Aber es ist auf gewisse Weise auch schön, weil ich hier mit meinen Problemen einfach sein kann, raus aus dem Alltag. Um mich herum sind Menschen, die auf mich aufpassen werden. Ich bin nicht allein hier. Und hier wimmelt es von Menschen, denen es deutlich schlechter geht als mir. Mein Bett befindet sich gegenüber der Tür und links neben mir liegt eine spindeldürre Frau, wahrscheinlich Mitte vierzig, deren Körper und Gesicht von blauen Flecken übersät ist. Rechts von mir liegt eine junge, leicht moppelige Frau, vielleicht im selben Alter wie ich, deren Blick jegliches Leben abhandengekommen scheint. Ihre Arme sind zahlreich mit Narben gezeichnet und ihre Augen starren leer geradeaus. Am Abend werde ich schockiert dabei zusehen, wie man ihr eine große Spritze in die Armbeuge drücken und beide Hände am Bettgestell fixieren wird. Ich mache mir viele Gedanken über die Menschen um mich herum, denke mir Geschichten über sie aus und puzzele mir ihr Leben zusammen. Wie ich später erfahren werde, sind hier viele Alkoholiker stationiert, ein paar verzweifelte Jugendliche und der ein oder andere Schizophrene. Die ganzen Depressiven und Lebensmüden gehören natürlich auch dazu. Man erlaubt mir mit meinen Eltern zu telefonieren, die bereits auf dem Weg zu meiner Wohnung sind, um mir meine Tasche mit dem Nötigsten einzupacken. Daraufhin werde ich in ein Zimmer gebracht, in dem ich auf die Ärztin warten soll, um eine eventuelle Medikation anzustreben. Die Ärztin ist jung und schlank, die blonden langen Haare zu einem tiefen Pferdeschwanz zusammengefasst. Auf die Frage ob und wenn ja welche Probleme ich habe, antworte ich zwar ausführlich, aber nicht zwingend wahrheitsgemäß.

Schließlich füge ich hinzu: „Ich kann nicht mehr mit meinem Freund schlafen."

Das fiel mir schwer, aber es ist die Wahrheit und es bricht mir mein Herz.

„Haben Sie in der Vergangenheit Erfahrung mit Missbrauch gemacht?"

Scheu senke ich meinen Blick und gebe ihr mit einem Kopfschütteln eine Verneinung zu verstehen.

„Was ist dann der Grund? Können Sie es beschreiben?"

Schulterzucken. Kopfschütteln. Sie seufzt und fragt mich nach früheren Medikamenteneinnahmen. Viel hatte ich bereits ausprobiert, aber bis auf Nebenwirkungen nie eine positive Wirkung verspüren können. Sie schlägt mir vor ein Medikament aus einer anderen Gruppe auszuprobieren. Es soll meinen Dopaminwert und folglich meinen Antrieb steigern. Ich weiß nicht, ob ich hier überhaupt eine Wahl habe und so stimme ich zu. Jetzt reihe ich mich jeden Morgen und jeden Abend wie all die anderen Abhängigen in die Schlange ein, die sich vor der Medikamentenausgabe bildet. Nachdem mich die Ärztin darüber aufklärt, dass ich polizeilich verpflichtet bin 24 Stunden hier zu bleiben, schlägt sie mir vor auch zumindest über das Wochenende hier zu bleiben. Und ich solle doch einmal über eine zwei- bis vierwöchige stationäre Therapie nachdenken. Das würde mir helfen. Ja, vielleicht. Meinen Eltern gegenüberzutreten ist zwar nicht gerade angenehm, aber ich stellte es mir weitaus schlimmer vor. Ich glaube jedoch auch, dass mir meine Mutter nicht anmerken möchte, wie sie wirklich fühlt. Dabei muss man ihr doch nur in die Augen sehen. Sie bittet mich inständig die Therapie hier anzunehmen.

„Dann kannst du dich einmal wirklich nur aufs Gesundwerden konzentrieren. Du musst dich um nichts kümmern, was nicht mit dir zu tun hat. Das ist doch eine unglaublich wertvolle Chance. Mia, ich würde sie nutzen."

Vielleicht hat sie recht. Der Gedanke ein eine stationäre Therapie ist zwar beängstigend, aber auch reizvoll. Vorhin sah ich auf dem schwarzen Brett, dass hier auch Gestaltungstherapien angeboten werden. Das würde mir bestimmt Spaß machen. Wie gerne würde ich malen und Dinge erschaffen, aber nehme mir nie die Zeit dafür. Meine Eltern bleiben nicht sehr lange, vielleicht eine halbe Stunde und dann sitze ich gegen 16 Uhr mit Buch und Block bewaffnet auf meinem Bett und versuche mich zu beschäftigen. Aber die Buchstaben verschwimmen vor meinem Auge, als würde sich mein Gehirn weigern den Inhalt des Romans aufzunehmen. Der Block bleibt leer, als würde sich meine Hand weigern meine Gedanken auf Papier zu bringen. Mir ist langweilig und so widme ich mich vorrangig dem Beobachten. Einmal kommt einer der Pfleger zu mir setzt sich auf die Bettkante.

„Hallo du, ich bin der Paul", er reicht mir seine Hand, „falls irgendetwas sein sollte, du kannst dich immer an uns wenden. Reden hilft und dafür sind wir ja da."

Ich erwidere seinen Händedruck und bedanke mich, auch wenn mir klar ist, dass ich niemals darauf zurückkommen werde. Es wäre so schön ein Mensch zu sein, der einfach so ist wie er ist und sich mit anderen Menschen darüber austauschen kann. Mir scheint dieser Weg verwehrt und das stimmt mich unendlich traurig. Meine Gedanken wandern unaufhörlich zu dem Geld, das ich heute nicht verdient habe und ich nenne mich selbst einen Narren, der heute zu schwach war und den nötigen Mut nicht aufbringen konnte dort hinzufahren und meinen Job zu erledigen. Eigentlich kann ich mir die Therapie hier auch nicht leisten. Ich muss Geld verdienen. Ich weiß zwar nicht genau wofür, aber ich bin so versessen darauf, dass das schwarze Geld einen übergroßen Stellenwert in meinem Denken einnimmt. Und ich denke an Roman, wobei mir wieder unweigerlich Tränen in die Augen steigen. Als ich ihm nach meiner Ankunft hier schrieb wo ich mich befinde und was heute passiert ist, musste ich das erste Mal seitdem ich heute meine Wohnung verlassen hatte, weinen. Seine Reaktion war ein Bild von mir, das er mir sendete. Von unserem kleinen Urlaub in dem Wellnesshotel vor ein paar Monaten. Auf dem Bild habe ich gelächelt und sah glücklich aus. Ich weiß, dass ich auch wirklich glücklich war.

„Tu das nicht. Das Leben ist viel zu wertvoll."

Nachdem ich eine Nacht mehr oder weniger gut über meine Situation geschlafen habe, sitzt in meinem Kopf das Vorhaben hier so schnell wie möglich wieder herauszukommen. Die Gedanken an eine zweiwöchige stationäre Therapie habe ich mir aus dem Kopf geschlagen und mit meinem Wunsch nach einer Entlassung wende ich mich an eine Schwester, die mir sogleich ein Gespräch mit zwei Ärzten organisiert. Es ist schrecklich. Wie ich hier auf meinem Stuhl sitze und immer mehr darin versinke. Meine Schultern immer weiter nach vorne runde als könnten sie so meinen Körper beschützen und versteckt halten. Genervt liest mir der etwas Jüngere der beiden anklagend aus meiner Krankenakte vor. Man will mich nicht entlassen, soviel steht fest.

„Frau Müller, ich lese einmal vor was hier über Sie steht", theatralisch blickt er auf die dünne Akte auf dem Tisch vor ihm, „Suizidversuch. Patientin sondert sich von anderen ab. Scheut Kommunikation. Das klingt mir alles nicht sehr vielversprechend."

Ich kann dazu gar nichts sagen. Vielmehr bin ich geschockt, dass man mein Verhalten hier so genau zu beobachten scheint und ich damit eine negative Bewertung einheimse.

„Ich rate ihnen über das Wochenende hierzubleiben. Dann können Sie am Montag auf eigene Entscheidung eine Entlassung einreichen. Aber ich sage Ihnen, ich bin dagegen, weil beim nächsten Mal ist der Schnitt vielleicht noch tiefer und dann hat man keine Zeit mehr einen Krankenwagen zu holen."

Ich schlucke.

„Und was ist, wenn ich doch heute gehen möchte?", meine Stimme ist ganz leise.

Er sieht mich scharf an.

„Dann können wir gerne eine Gutachterin einbestellen, die Ihren Zustand bewertet. Wenn es dumm für Sie ausgeht müssen Sie ganze drei Monate hier verbringen."

Ich nicke. Gebe mich geschlagen. Ich bleibe also hier. Niedergeschlagen gehe ich zurück auf mein Zimmer, in das ich nach einer Nacht im Gemeinschaftsraum verlegt werde. Meine Bettnachbarin ist ein Engel mit hüftlangen, roten Locken. Sie heißt Heike. Sie ist freundlich zu mir, hat ein offenes Gesicht. Sie ist so nett und gutherzig, dass ich mich sofort platonisch in sie verliebe. Sie hat auch Borderline. Wie ein offenes Buch erzählt sie mir aus ihrem Leben, ihrer Krankheit, ihrer Therapieerfahrung. Heike ist immer mal wieder hier. So zweimal im Jahr, meint sie. Heike nimmt etwa dreißig Tabletten pro Tag. Jeden Tag. Da bin ich baff. Ich richte meinen Tisch und meinen Schrank so häuslich ein wie möglich und dann weiß ich mich wieder nicht zu beschäftigen. Manchmal lese ich in meinem Buch, aber ich komme über die erste Seite einfach nicht hinaus. Manchmal setzte ich mich in den Gang und lese in den Zeitschriften und Zeitungen. Ich meide den Aufenthaltsraum und Tische mit mehr als einem Stuhl. Morgen wird meine Familie zu Besuch kommen, am Sonntag dann Roman. Die Leute hier suchen immer jemanden zum Reden. Einmal kommt eine Neuaufnahme zu mir.

„Na du. Ich wollte nicht mehr leben. Hab Tabletten genommen. Und du?"

Das ist mir zu viel. Ich antworte zwar, aber eine Antwort ohne Aussage. Das merkt die Neue wohl auch ziemlich schnell und geht wieder. Sie sucht sich eine andere Gruppe. In der sie willkommen ist und sich austauschen kann. Hans-Peter lässt sich wiederum nicht so einfach abschütteln. Nachdem der Mittvierziger mich ansprach und wir ein paar Worte über Vogelspinnen wechselten, mache ich wohl einen großen Fehler, den ich später noch bereuen werde. Hans-Peter sieht mich verträumt an und fragt mich oder sich was ich denn für Sachen machen würde. Ich sei doch noch so jung.

„Darf man sich erst umbringen, wenn man ein bestimmtes Alter erreicht ist? Weil es dann nicht mehr schade ist?"

Er lächelt und geht.

Hans-Peter ist da sobald ich mein Zimmer verlasse. An der Medikamentenausgabe stelle ich mich in der Schlange an, Hans-Peter sieht meine eingebundenen Arme und fragt mich wieder was ich denn für Sachen mache. Ohne eine Antwort zu erwarten. Hans-Peter ist auch Borderliner, aber seiner Ansicht nach nicht so schlimm wie die junge, dicke Frau, die regelmäßig Zigarettenstummel auf ihrer Haut ausdrückt und deswegen immer wieder von dem normalen Stationszimmer auf das überwachte Gemeinschaftszimmer verlegt wird. Hans-Peter setzt sich beim Essen neben mich und drückt mir geheime Botschaften auf Zetteln in die Hand. Bis die Schwingen des Todes uns scheiden. Dann werden wir uns wieder sehen. Er nennt mich seinen schwarzen Engel. Das erinnert mich an Roman, der mich einmal ebenso nannte.

Ich weiß nicht, ob ich mich von Hans-Peter genervt oder geehrt fühlen sollte. Ich mag das Gefühl für jemanden etwas besonderes zu sein. Auch wenn ich genau weiß, dass dieser Titel für Hans-Peter nicht das ist, was er zu sein scheint. Ich weiß, dass hinter der Fassade nur Hans-Peter selbst steht. Ich weiß, dass er mich nicht kennt und ich nur drei Tage lang eine Rolle ein seinem Kopf einnehme, für die es sich vielleicht zu leben lohnt. Es ist schlimm. Er tut mir leid. Und zugleich macht er mir auch Angst. Ich habe Angst vor der Seite, die ihn hierher brachte. Denn das liegt bestimmt nicht an seinem allseits gutmütig, scherzendem Gesicht, das er hier zeigt. Als ich wieder zuhause bin wird Hans-Peter einmal meine Adresse aufsuchen. Klingeln. Ich werde ihm nicht öffnen. Ich bin geschockt. Wie kann es sein, dass diese Person meine Adresse kennt? Woher weiß er wo ich wohne? Hat er einen Pfleger bestochen? Eine Pflegerin umgarnt? Oder ist er sogar heimlich in das Büro geschlichen, um an meine persönlichen Daten heranzukommen? Wie auch immer. Das ist doch unheimlich! Er wird mir tonnenweise E-Mails schreiben. Wirre Nachrichten. Einmal schmeichelhaft und mitfühlend. Bin ich wirklich sein Stern am Nachthimmel? Einmal anklagend und aggressiv. Dann schreibt er mir die schlimmen Nachrichten stammten von seinem Bruder, der ihn zeitlebens hinters Licht führt und betrügt. Diese Mails sind für mich wahrlich die Ausgeburt eines Geisteskranken. Ich schreibe nicht zurück. Einmal hatte ich es versucht, aber das machte alles nur schlimmer. Seitdem lasse ich es und hoffe, dass der Strom irgendwann versiegt, weil er keine neue Nahrung bekommt. Die E-Mails bewahre ich jedoch auch. Nur für den Fall, dass ich sie vor der Polizei einmal brauchen sollte. Und er schreibt mir einen Brief.

„Hallo Mia, hier ist die Nervensäge von Gruppe A. Hoffe du hast noch nichts angestellt und dir geht es gut. Ich vermisse dein Lächeln, das dir zwar nicht oft, aber wenigstens einige Male über dein Gesicht streifte. Ich wünsche mir, dass du das Tief, in dem du dich befunden hast, mittlerweile überstanden hast. Mia, ich weiß nicht, was ich dir schreiben soll, da wir uns eigentlich ja nicht gut kennen. Auf jeden Fall sollst du wissen, dass immer einer an dich denkt. Wenn dir etwas auf der Seele brennt und du nicht mehr weiter kommst in deinem noch jungen Leben, nimm dein Telefon und ruf mich an. Wenn ich kann, werde ich dir auf jeden Fall helfen. Denn dein

Lächeln hat auch mir viel Kraft gegeben. Ich möchte dir auch für mich einen neuen Namen geben. Für mich bist du Black Diamond! Mia, man sieht sich, wenn die weißen Flügel des Todes unsere Wege schneiden! Mia, immer lächeln! Dein Hans-Peter."

Viele Male bin ich kurz davor mich tatsächlich bei ihm zu melden. Wenn ich mich so einsam und allein fühle, dass mir sogar das Atmen pure Anstrengung scheint. Wenn die Stille um mich herum mein Herz zu erdrücken droht. Wenn ich daran denke, dass ich niemanden habe außer einen Fremden aus der Psychiatrie. Ja. Dann bin ich nah dran.

An den Besuch meiner Eltern kann ich mich im Nachhinein gar nicht erinnern. Ich weiß nur, dass es mir schwer fiel ihnen in die Augen zu sehen. Und dass meine Mutter unter ihrem lächelnden Auge ein Weinendes versteckt hatte. Ich glaube der Besuch dauerte nicht lang. Weil ich mich nicht daran erinnern kann irgendwo hin gegangen zu sein außer an mein Bett in meinem Zimmer. Und weil ich mich nicht daran erinnern kann über was wir gesprochen hatten. Außer, dass mir meine Mutter stark nahelegte – ich nenne es für mich drängen – die zweiwöchige Therapie im Anschluss durchzuziehen. An dem Samstag war mir meine Familie auch nicht wichtig. Der Samstag, an dem meine Familie bei mir war und mir beistehen wollte, wurde vollends überstrahlt von dem nahenden Sonntag, an dem Roman zu Besuch kommen sollte. Und endlich war es soweit. Von der Zeit erbarmungsvoll erlöst, nach einem aufgeregten Morgen und einem unruhigen Mittag, klopft es plötzlich an meiner Zimmertür. Ich wollte schon aufstehen, aber Heike war schneller. Sie wartet auch auf ihren Lebensgefährten. Als ich seine Stimme hörte, bekomme ich weiche Knie.

„Hallo, ich wollte eigentlich zu Mia. Bin ich da falsch?"

„Nein, nein, ganz richtig", danke Heike.

Als sich die Tür nun um weitere neunzig Grad öffnet und ich ihn erblicken kann, wird mir seine Schönheit so seltsam schmerzhaft bewusst wie so oft zu unseren Anfängen. Wir begrüßen uns zaghaft. Ich bin einfach so aufgeregt und es ist mir peinlich von Heike beobachtet zu werden. So entschließen wir uns schnell dazu nach draußen in das Klinikcafé zu gehen. Dort gibt es angeblich auch eine Terrasse. Ich trage mich also in die Ausgehliste ein und nach zwei Tagen geschlossener Station verlasse ich zum ersten Mal die Tür ins Freie. Seltsam verboten komme ich mir vor. Und sie ist beängstigend. Die Welt da draußen. Roman ist ein Glückspilz und wir ergattern tatsächlich einen freien Platz auf der Terrasse unter Sonnenschein. Roman bestellt zwei Cappuccino und für sich einen Kuchen. Ich würde auch gerne ein Stück essen, aber das habe ich mir verboten. Überhaupt kann ich mich hier nicht gehen lassen. Sobald ich entlassen werde, starte ich richtig durch. Dann werde ich richtig schlank. Die geregelten Essenszeiten und das Schamgefühl in Anwesenheit anderer unaufhörlich Lebensmittel in sich hineinzustopfen helfen mir meine Bulimie hier unter Kontrolle zu halten. Nur einmal werde ich schwach und leere eine Packung Knabberzeug, das ich hinterher versuche auf der Toilette wieder loszuwerden. Es klappt nicht. Das ist schlimm. Roman scheint gut gelaunt und er erzählt mir viel. Ich bin an dem Nachmittag sehr nachdenklich und scheu, habe nicht viel zu bereden. Und über das, was es zu bereden gälte, möchte ich schweigen. Aber ich bin dankbar. So sehr dankbar, dass Roman an diesem Tag zu mir kam. Ein Tag, an dem Sex nicht zwischen uns steht. Ein Tag, an dem er nur für mich da ist. Ich fühle mich so unheimlich geborgen. So sicher und wünschte dieses Gefühl würde an mir haften bleiben, auch wenn er bereits gegangen ist. Anschließend gehen wir etwas spazieren und unser Weg führt uns in ein weiteres, nahegelegenes Café, das mit einem großen Außenbereich unter alten Buchen auf einem Hügel thront. Mitten in der Stadt führt ein Weg dorthin über einen steilen, verwilderten Garten. Hohes Gras, knorrige, alte Apfelbäume. Dort oben ist es wunderschön. Roman schlägt vor sich hier noch einmal etwas zu Trinken zu bestellen. Die Sonne scheint mir so warm zwischen dem löchrigen Blätterdach ins Gesicht, dass ich stark blinzeln muss und mich dafür verfluche meine Sonnenbrille vergessen zu haben. Während ich an meinem eiskalten Mineralwasser schlürfe, wird Roman zum ersten Mal etwas ernster.

„Weißt du, mir geht es auch oft nicht so prickelnd wie man meinen könnte. Mit der Firma...“

Lange werde ich nicht erfahren, was er damit wirklich meinte und so denke ich mir nichts dabei. Klar, jedem geht es mal schlecht.

„Ich habe mir wirklich Sorgen um dich gemacht", das freut mich von ihm zu hören.

Zum Abschied, als wir den Hügel wieder hinabgestiegen, an seinem Fuße stehen, schenkt mir Roman die Umarmung meines Lebens. Lange. Sehr lange stehen wir schweigend umschlungen beieinander bis sich der Reißverschluss seiner Jacke tief in meine Wange gegraben hat. Die Menschen, die uns passieren, sind wie Luft. Nicht existent in unserer Welt. Selten habe ich mich so ganz, so vollkommen, so ganz ich selbst gefühlt. Dafür bin ich unheimlich dankbar. Ich bin so sehr dankbar, dass das Gefühl der Dankbarkeit in mir die Trauer über sein Fortgehen für den Moment überwiegt und ich leichten Herzens wieder auf die Station und auf mein Zimmer zurückkehre.

„War das dein Freund?", fragt mich Heike.

„Ja." Was sollte ich sonst sagen?

„Ein gutaussehender Mann."

„Ja", ich muss lächeln. Ich bin stolz.

Am Montag, dem Tag meiner Entlassung, bricht mir der Stolz das Genick, merke ich. Von nun an bin ich stark. Ich werde alles aushalten. Mit niemandem über meine Gefühle und meine Probleme sprechen. Niemand kann meine Gedanken lesen, so muss ich sie niemandem anvertrauen. Von meinen Eltern werde ich mich weitgehend lossagen, damit ich nichts mehr bereuen muss. Ich werde versuchen mein Ding alleine durchzuziehen. Wie immer. Weil ich stark bin. Das ist meine größte Sicherheit. Auch von Roman möchte ich mich lossagen. Nach allem was bei mir zu Hause und in meinem Kopf abgeht, glaubt er da wirklich ich bin immer so fröhlich und habe unbändige Lust auf Sex? Glaubt er wirklich das sei die Wahrheit? Denkt er wirklich ich könne Geschäft und Privat so mir nichts dir nichts trennen und einen Knopf drücken, der das jeweilige Programm erlaubt? Ganz sicher nicht. Und es war nie anders. Wie oft habe ich ihm bereits gesagt es falle mir schwer zu vertrauen. Ich kenne ihn doch nicht einmal. Hegt er wirklich die Überzeugung ich könnte mich einfach so auf ihn einlassen? Wie blind muss man sein? Da ist ein Beben in der Brust, eine keimende Träne, nackte Panik. Ich bin ein Analphabet meiner Selbst. Wie soll ich etwas lesen können, das ich nie erlernte? Ich habe keine Stimme. Habe nie gelernt zu sprechen und während ich verblute birgt jeder Moment die Chance, dass Roman mich fragst was und wer ich bin. Aber er sieht mich nicht. Das Bild von mir für ihn ist bereits gut genug. Wir sind beide blind.

Dann wieder spiele ich mit dem Gedanken mir Freunde zu suchen. Aber diese Lehrbuchvorstellung macht auf mich keinen Eindruck. Freundschaften machen für mich keinen Sinn, Liebe hingegen allemal. Die Gefühle in der Liebe sind um ein vielfaches intensiver und somit so viel schöner. Im Positiven wie im Negativen. Trotz dessen wünsche ich die Erfahrung der Liebe nie gemacht zu haben. Noch wünsche ich mir ein ähnliches Erleben in einer entfernten Zukunft. Ich wünschte ich wäre niemals in diese Abhängigkeit gerutscht. Darin schlägt Liebe um in Hass. Obwohl ich weiß, dass es mich unglaublich unglücklich macht, kann ich nicht aufhören an ihn zu denken. Kann nicht aufhören bei ihm sein zu wollen, mir die Zukunft mit ihm so schön auszumalen.

Immer wieder fahre ich zu Roman, nur um ein Stückchen enttäuschter, trauriger, einsamer daraus hervorzugehen. Und das alles nur für diese paar Momente. Für diese Momente, in denen ich mich lebendig fühle. Doch auch die werden immer weniger. Ich bin regelrecht süchtig nach Roman und dem Herzschmerz. Keine Dosis kann mich mehr befriedigen. Gibt es für meine Wünsche und Träume wirklich gar keine Möglichkeit sich in stoffliche Realität zu wandeln? Habe ich alles versucht? Wahrscheinlich bin ich selbst daran schuld und wenn ich anders wäre, wären die Wünsche und Träume vielleicht bereits wahr. Wie weit muss ich noch gehen? Ich erkenne mich nicht wieder. Mein Hass auf Roman wölbt sich turmhoch vor mir auf und ich entwickele Zerstörungsfantasien, von denen ich niemals ahnte, dass so etwas in mir stecken könnte. Plötzlich wünsche ich mir nicht mehr seine Nähe und Zuneigung. Vielmehr trachte ich nach seinem Leben und stelle mir vor wie es wohl wäre ihn umzubringen. Wer mich verletzt bekommt es tausendfach zurück! Ich stelle mir vor seine Firma in Brand zu setzen, seine teure Musiksammlung gegen die Wand zu schmettern, seinen Ruf in der Öffentlichkeit zu schädigen, ihn zu fesseln und körperlich zu quälen. Sein

Körper eine Leinwand für meinen Hass. Kann meine Gefühle irgendjemand aushalten? Ich nicht. Roman trägt die Schuld für all die Verletzungen auf meiner Haut. *Hate* steht da groß auf meinem Unterarm geschrieben. Ich mache ein Foto. An Roman. Ich hasse dich, schreibe ich dazu.

„Dein Hass ehrt mich. Mehr als es Liebe jemals könnte", lautet seine Antwort.

Wir sind beide blind.

Im August sitze ich in dem Büro aus grauen Plastikmöbeln der Arbeitsagentur und mein Sachbearbeiter sitzt mir gegenüber. Lässig lehnt er sich in dem Stuhl zurück und spielt mit dem Kugelschreiber in seiner rechten Hand. Ich hasse diesen Termin hier. Ich habe versucht von meiner Krankheit zu erzählen, aber ich fühle mich so unverstanden. Herr Birkel ist anscheinend etwas sauer, da ich zu dem sozialen Projekt, zu dem er mich zwingen wollte, nicht mehr erschienen bin. Ein Projekt für schwer vermittelbare Jugendliche. Nein. Danke. Ich habe keine Lust auf Sozialarbeiter und Projekte, die Menschlichkeit aus mir herausprovozieren wollen. Erneut höre ich mir an wie es denn sein kann, dass jemand mit meinen Qualifikationen noch keine Arbeitserfahrung aufweisen kann. Das tut weh, aber ich presse meine Nägel einfach noch tiefer in meine Hände. Ich versuche ihn zu ignorieren, unaufhörlich redet er mit seinem pseudonetten Blick auf mich ein. Dieser Idiot stellt sich als Retter der Welt vor mich hin und will mir die Rolle des bösen Mädchens unterschieben, das seine heiligen Pläne sabotiert. Dann bin ich das eben. Wenn der Schmerz in meinen Händen nicht wäre, dann würde ich wahrscheinlich anfangen zu weinen. Das wäre Herrn Birkel wohl ganz recht, aber diesen Gefallen werde ich ihm nicht tun. Ich dachte immer meine ehemalige Sachbearbeiterin wäre schon schlimm gewesen, aber sie hat in mir wenigstens nicht diese überschwemmenden Aggressionen hervorgeholt. Im Nachhinein erkenne ich, dass sie mich sogar einigermaßen einschätzen konnte. Zumindest besser als dieser Idiot hier. Wie meinte sie noch so schön bei unserem letzten Termin, bevor ich zu diesem Quacksalber abgeschoben wurde?

„Also ich habe das Gefühl bei Ihnen komme ich nicht weiter. Entweder haben Sie einfach keinen Funken Bock auf das hier oder sie haben einen ganzen Haufen

Probleme, von denen Sie mir nichts erzählen. Oder Sie haben Drogen genommen."

Das hatte gesessen, war aber gar nicht so unrichtig. Selten habe ich mich in meinem Leben so verzweifelt gefühlt. Ich habe das Gefühl ich muss sterben wenn ich weiterhin nach der Nase des Arbeitsamts tanzen muss und von einem scheiß Vorstellungstermin zum nächsten rennen muss. Wenn mein Leben weiter in diese Richtung läuft. Ich will das nicht und doch muss ich momentan meine ganze Energie dafür aufnehmen die Fassade meiner Existenz irgendwie aufrechtzuerhalten. Ich habe mich letzten Monat bei einem Bordell vorgestellt. Ich habe Angst dort Vollzeit zu arbeiten, aber irgendwie kommt mir das auch gut gelegen. Ich halte den Druck nicht mehr aus, dem ich hier ausgeliefert bin. Dort bin ich frei. Auf gewisse Weise. Dann werde ich in Ruhe gelassen, vielleicht kann ich dann sogar Energie aufbringen, um mein Leben zu ändern. Ich klammere mich an diese Gedanken von Freiheit und Neuanfang.

„Wissen Sie Frau Müller, nach Ihren Aussagen und nach Ihrem kurzen Klinikaufenthalt können Sie auch gerne einen Termin bei einem Gutachter beantragen. Der kann

Sie dann besser beurteilen und eventuell arbeitsunfähig einstufen. Dann müssen Sie die Termine hier erst einmal nicht mehr wahrnehmen."

Ich hasse diesen Blick, der jetzt auf mir liegt. Soll ich darauf eingehen? Ich weiß bereits, dass ich arbeitsunfähig, dass ich unfähig für das Leben bin, aber ich will diesen offiziellen Stempel nicht tragen. Ich habe Angst davor. Angst, was meine Eltern wohl davon halten würden. Außerdem hat mich Herr Birkel ganz am Anfang unseres Termins heute gefragt, ob ich nach dem Krankenhausaufenthalt wieder gesund bin. Das habe ich bejaht. Mein Ja kann ich jetzt nicht einfach so wieder rückgängig machen.

„Nein, danke", sage ich, „ich brauche keinen Gutachter."

Meine Nägel. Fester. Meiner Wortkargheit hat auch Herr Birkel irgendwann nichts mehr entgegen zu setzen und ich werde mit einer weiteren Liste von Bewerbungsadressen entlassen. Mein Herz ist immer noch schwer als ich das Gebäude verlasse. Ich werde keine Bewerbungen schreiben. Ich habe jetzt einen Arbeitsplatz.

Da ist wieder dieses Gefühl, dass sich mein Leben seinem Ende neigt, aber ich werde jetzt erst einmal nach Hause gehen. Dort werde ich essen, kotzen, mich vielleicht ritzen. Eigentlich wollte ich das ja unterlassen, weil blutige Arme bei den Kunden sicherlich nicht so gut ankommen. Aber heute werde ich eine Ausnahme machen. Wie kann ich nur so ein Leben führen? Wofür? Ich halte es nicht mehr aus. Ja, da ist Roman. Für ihn will ich gesund werden, aber ich habe keine Kraft und viel schlimmer wiegt das Wissen, dass ich seine Gefühle für mich mit einem blutigen Messer immer weiter untergrabe. Bis er dort hineinfällt, sich den Kopf anschlägt und für sich die Gewissheit hat, dass ich aus seinem Leben verschwinden muss. Eigentlich ist es ein Wahnsinn was für ein Doppelleben ich führe und eigentlich ist es nicht verwunderlich, dass ich jetzt genau an diesem Punkt im Leben stehe. Aber es gibt kein Zurück. Nicht für mich. Vielleicht wird es mir wirklich besser gehen, wenn ich mich erst einmal an die Arbeit im Bordell gewöhnt habe. Das private Arbeiten über Anzeigen im Internet hat für mich jeglichen Anreiz verloren und ich halte mir ganz bewusst die Vorteile eines überwachten Bordells vor Augen. Für mich bedeutet das ein geschützter Rahmen mit klaren Regeln, an die sich jeder halten muss. Dort gibt es Menschen, die auf mich aufpassen und an die ich mich wenden kann, wenn mich ein Kunde bequatschen will. Es ist besser so. Vielleicht wird es mir wirklich besser gehen. Ich muss mir nur noch einen glaubhaften Plan ausdenken, mit dem ich meine Familie und in Zukunft vielleicht auch Freunde belügen kann. Schließlich ist die Wahrheit keine Option. Wie gerne würde ich mich jemanden anvertrauen, mir alles von der Seele reden, was mich belastet. Wie gerne würde ich mich Roman offenbaren. Ihm sagen, dass ich nicht so cool bin wie ich für ihn wirke und dass mich so viele Dinge belasten. Dass ich mich ihnen gegenüber hilflos fühle, weil ich Angst habe, dass sie für immer Bestand haben werden.

Etwas über einen Monat werde ich jetzt in dem Bordell arbeiten, das ich mir durch eine kurze Internetrecherche heraussuchte. Ich hätte es nicht für möglich gehalten, dass meine Gefühlslosigkeit und Leere doch so schmerzhaft werden würden. Ein stumpfer Schmerz. Und das Gefühl von innen heraus zerdrückt zu werden. Die Bordellbesitzerin ist ganz froh mich jetzt dort zu haben. Deutsch, jung, hübsch. Ich fühle mich beinahe geschmeichelt. Ob meine Narben an den Armen etwas ausmachen, frage ich.

„Nein, gar nicht", sagt sie, „aber bei frischen Schnitten bitte Pflaster draufkleben. Mandy sieht so ähnlich aus. Aber du wirst sie schon noch kennenlernen."

Die Bordellbesitzerin, sie bittet mich sie einfach Gitte zu nennen, geht mit mir dann einen kurzen Fragebogen bezüglich meiner Dienstleistungen durch. Beim Küssen sage ich zuerst Nein, aber Gitte hat Einwände.

„Naja, du musst halt wissen, dass die meisten Frauen Küssen anbieten. Dann hast du weniger Chancen bei den Kunden, wenn sie das woanders halt bekommen können."

„Na gut, dann mit Küssen."

„Schön, dann kommt morgen der Jürgen vorbei. Der macht dann ein paar Fotos für die Webseite. Das kostet dann mit der Webseite zusammen einmalig hundert Euro. Alles klar soweit?"

Ich nicke.

„Ach ja, einen Namen brauchst du noch. Irgendwelche Wünsche? Am besten kurz und einfach. Wie wär's mit Daria?"

Ich nicke. Ist mir auch egal. Dachte nicht, dass das so schnell geht und ich heute direkt anfangen kann.

„Gitte?", ein kurzer, schwarzer Bob schiebt sich in der Küchentür hindurch.

„Ah, da ist sie ja schon. Daria, das ist Mandy. Kannst du ihr vielleicht kurz mal alles zeigen? Die ist neu."

Wir begrüßen uns kurz scheu und dann führt mich Mandy auch schon in der Wohnung herum. Es gibt einen großen Aufenthaltsraum mit mehreren Sesseln und Sofas und einem Fernseher, der pausenlos das nervtötende Programm von RTL abspielt. Der Raum wird dauerbequalmt und mein Bereich wird der rote Sessel in der Ecke sein. Es gibt vier Zimmer, die von einem großen Bett eingenommen werden. Zwei Badezimmer. Schlicht, aber einigermaßen stilvoll. Mandy ist ein weinender Engel. Mandy habe ich von den Mädels hier am liebsten, auch wenn wir uns nicht sehr oft unterhalten. Genau genommen unterhalte ich mich mit niemanden so richtig lange oder in die Tiefe gehend. Mandy weint oft. Mandy ist wie ein offenes Buch. Mandy ist Waise. Genau wie ihr Mann. Sie ist vielleicht so alt wie ich. Anfang zwanzig. Angefangen hat sie hier als sie achtzehn war. Die beiden haben zwei Kinder. Einfühlsam zeigt mir Mandy ihre Narben, die sich um ihre Arme und Beine wenden, und von einer tätowierten Blumenranke umschlungen werden. Mandy hat wie ich Neurodermitis und empfiehlt mir Nachtkerzenöl. Dabei weint sie, weil die Haut so juckt und brennt. Ich denke oft an Mandy und das Leben der anderen Frauen. Mehr als an meines. Da ist die Rockröhre Jessica, die meinen Musikgeschmack teilt. Die klassische Verführerin Stella, ein Teilzeit-Fitnessfreak, der stets Salat mit Hühnchen und fettfreiem Dressing im Kühlschrank lagert. Einmal bin ich ganz verwirrt als ich Stella morgens in Jeans, T-Shirt und Pferdeschwanz zur Arbeit kommen sehe. Kein Vergleich zu dem heißen Vamp in Strapse und Heels.

„Oh, du bist das, ich habe dich erst gar nicht erkannt", ich muss leise lachen.

„Das hier hat ja nichts mit der Wirklichkeit zu tun Schätzchen", meint Stella nur mit ihrem tschechischen Akzent.

Dann gibt es Steffi, ein dünnes Mädchen mit dünnen, dunkelblonden Haaren und einem Gesicht, das an ein Pferd erinnert. Irgendetwas stimmt mit Steffi nicht. Sie tut sehr selbstbewusst, immer im Mittelpunkt, immer präsent, immer gut gelaunt. Steffi hat eine Sprachstörung und lispelt. Manchmal zieht sie einen unangenehmen Geruch nach sich, sodass ich kurz die Luft anhalte, wenn sie an mir vorbeiläuft. Dann wird sie von der Chefin zwangsbeurlaubt mit dem Auftrag sich an einen Frauenarzt zu wenden. Manchmal kommen auch Beschwerden von Kunden, die ihr Geld zurückfordern. Dann herrscht schlechte Stimmung. Aber Steffi ist beliebt und jedes Mal, wenn sie von einem Kunden ausgewählt wird, knickt mein Selbstbewusstsein erheblich ein und ich bin ein Entlein, das noch hässlicher wird als zuvor. Steffi will eigentlich Zugführerin bei der Deutschen Bahn werden, erzählt sie mir. Ich frage mich, was sie dann hier verloren hat. Mit Julia und Sonja habe ich nicht viel zu tun. Die beiden gehören mit Kati zu den Mädels, die hier dauerhaft wohnen und die meiste Zeit des Tages rauchend in der winzigen Küche verbringen. Ihr Deutsch ist leider nicht so gut und die beiden bleiben meist unter sich. Ich verstehe natürlich kein Wort, wenn sie miteinander sprechen. Aber ich weiß, dass sie irgendwo aus Osteuropa kommen. Ich habe Mitleid mit den beiden, denn ich stelle es mir unheimlich nervenzehrend vor hier zu arbeiten und zu wohnen. Immer die selben Wände. Tag für Tag. Eingesperrt in einem Land, dessen Sprache ich nicht sprechen kann. Julia zeigt mir einmal ein Foto ihres Sohnes, der bereits erwachsen ist. Mit sechzehn hat sie ihn bekommen. Man sieht ihr nicht an, dass sie Mutter ist. Als sie so auf das Bild auf ihrem Handydisplay sieht, sammeln sich plötzlich Tränen in ihren Augen. Aber was macht man nicht alles für die eigene Familie? Die Familie denkt übrigens Julia ist zum Putzen in Deutschland, um die Familie finanziell zu unterstützen. Warum sie dann nicht mit Putzkittel und Reinigungsspray bewaffnet durch die deutschen Büros fegt, weiß ich nicht und ich kann darüber nur Vermutungen anstellen, die Julia vielleicht nie gerecht werden können. Die dicke, osteuropäische Kati mit den großen Brüsten und der angestrebten Marilyn-Monroe-Frisur, ist das lebhafte Herzstück der kleinen Gemeinschaft aus gefallenen

Sternchen. Kati übernimmt meist das Telefon, übernimmt die Putzarbeiten und nimmt Termine nur nach vorheriger Vereinbarung an. Wenn die Sympathie stimmt. Alle anderen tanzen in Dessous und hohen Schuhen vor jedem spontanen Kunden an, sagen ihren Namen, stolzieren zurück in den Gemeinschaftsraum und hoffen darauf, dass die Chefin ihren Namen rufen wird, für den sich der Kunde entschieden hat. Kati ist stolz und versucht diesen zu wahren. Sie gehe schließlich nicht mit jedem ins Bett, sagt sie. Nicht so wie ihre ganzen Freunde, die wirklich „richtige Fotzen" seien. Wofür der ganze Stolz, wenn einem so viel Geld damit durch die Lappen geht, frage ich mich. Mit Kati verstehe ich mich sehr gut. Einmal offenbare ich ihr sogar, dass ich so traurig bin, weil ich unglücklich verliebt bin und die ganze Situation hier die Beziehung zu meinem Angebeteten, die schon vorher unter keinem guten Stern stand, einmal mehr an die Klippe zu drängen scheint.

„Hast du ihm wohl gesagt, dass du hier arbeitest?", Kati ist entsetzt, „wie dumm und naiv kann man eigentlich sein, Daria?"

Vielleicht hat sie recht und ich bin wirklich dumm. Aber ich konnte Roman einfach nicht belügen. Weil ich keine Beziehung mit echter Liebe möchte, die ich mit Lügen überschütte. Weil ich möchte, dass mich Roman mit all dem Schlechten in mir liebt. Ich weiß, dass ich viel von ihm verlange. Dass ich seine Liebe zu mir provoziere und ständig auf die Probe stelle als bedarf ich einer ständigen Vergewisserung. Als ich den zweiten Tag hier arbeite und abends in dem Zimmer auf dem roten Bett im roten Raum liege, bringe ich es endlich hinter mir.

„Ich habe jetzt übrigens einen Job."

„Echt? Das freut mich wirklich für dich. Als was denn?"

„Als Prostituierte."

Roman rastet völlig aus. Ich bin ihm also doch wichtig. Er bedrängt mich so lange bis ich ihm den Namen des Bordells verrate. Dann überschüttet er mich mit all den Details, die der Internetauftritt über mich preisgibt. Er soll damit aufhören. Ich lege mein Handy weg. Presse meine Handflächen auf meine Ohren, meine Augen zu und weine mich schunkelnd in den Schlaf. Am gleichen Tag wie ich fing auch die junge Molly an, deren Name ihrer Figur in jeder Hinsicht gerecht wird. Molly hält nicht lange durch. Vielleicht ein paar Tage. Molly ist ständig am Weinen und bekommt sichtlich Panik vor ihrem ersten Kunden. Die Chefin redet beruhigend und bestärkend auf sie ein. Molly tut mir leid. Sie ist einfach zu zart besaitet. Ich bin froh als sie wieder aufhört. Sie soll zurückgehen zu ihrem Freund, der sie wirklich liebt, wie sie mir erzählt. Und sie ihn. Wie schön muss das sein. Schließlich sind da noch die deutschen Freundinnen Lisa und Marie. Sowohl die blonde Lisa als auch die brünette Marie sind mir unsympathisch, aber ich lasse mir das nicht anmerken.

„Du bist gut. Du machst keinen Ärger und zickst nicht rum", lobt mich die Chefin.

Tja, so bin ich. Danke. Wobei ich mich korrigieren muss. Eigentlich sind mir die beiden nicht wirklich unsympathisch. Nur schwer zu ertragen. Vielleicht bin ich auch etwas eifersüchtig, weil ich sie als meine größten Konkurrentinnen betrachte. Sexy Stella einmal ausgenommen. Die beiden tun mir weh. Lisa und Marie sind beide Bäckereifachverkäuferinnen, die ihre Freizeit im Bordell verbringen, um die Geldkasse aufzubessern.

Eine Brustvergrößerung soll her. Doppel D. Dabei sind sie doch bereits schon schön und keineswegs mit gar nichts gesegnet. Außerdem der lang ersehnte Führerschein. Und sie wollen sich eine Haarverlängerung gönnen. Und den Besuch im Nagelstudio. Ich bin bei diesen ständigen Geschichten von Lisa und Marie sehr betroffen. Ich weiß nicht genau warum. Da hänge ich mich lieber an Kati, wenn ich Gesellschaft brauche. Kati lacht und scherzt sehr viel. Ich denke Kati ist ein Mensch, den man einfach gerne haben muss. Wenn ich ehrlich bin, dann fühle ich mich unter dem ganzen Zigarettenrauch und dem Trash-TV wohl hier. Ich kam hier an mit der Einstellung, dass es mir scheißegal ist wie ich ankomme und was man von mir halten mag. Und plötzlich bin ich hier, niemand hat etwas an mir auszusetzen und ich kann ohne die ständige Anspannung sein, die mich im echten Leben quält und zu chronischen Rückenschmerzen und Verspannungen führt. Jeder sieht hier bereits die Narben der anderen. Hier muss man sich nicht verstellen. Von dem offenen Balkon weht heiße Luft in den Raum, lässt die dünnen Vorhänge zur Melancholie der Lana del Rey tanzen. Summertime Sadness. Der Soundtrack meines Sommers. Unseres Sommers. Aber in der Traurigkeit schwebt auch die Dankbarkeit gegenüber einer Erfahrung der Geborgenheit und Gemeinschaft, die ich hier zum ersten Mal erlebe.

Die Arbeit ist anstrengend. Innerlich fühle ich mich wie tot, aber die körperlichen Schmerzen holen auch meine emotionalen an die Oberfläche. Ich kaufe mir eine große Tube Betäubungscreme für Schleimhäute. Die hilft mir etwas, aber kann den Schmerz auch nicht komplett ausradieren. Aber am meisten setzten mir die Gesichter der Kunden zu und die Art wie sie reden, atmen, existieren. Ich werde sehr schnell aggressiv. Zu Hause schneide ich mir wieder oft in die Arme, obwohl ich das ja nicht mehr wollte. Dann muss ich mir für die Arbeit wieder viele Pflaster besorgen. Ich hatte im Vornherein damit gerechnet, dass meine Arme für viele Kunden möglicherweise abstoßend sein könnten und ich somit einen Nachteil gegenüber anderen Frauen hier haben könnte. Aber erstaunlicherweise scheinen sie niemanden zu interessieren. Nur einmal meint ein Kunde nachdem er mich ausgewählt hatte, dass er das nicht kann mit meinen Armen. Das war ein Amerikaner. Dann musste ich gehen und er wollte stattdessen Steffi haben. Ich verachte die anderen Frauen dafür, dass sie Bestätigung und Selbstwert aus der Beliebtheit bei Kunden ziehen, was mir vor allem bei Steffi und Lisa ins Auge sticht. Und ich verurteile mich dafür, wenn auch ich mich freue von einem Kunden ausgewählt zu werden. Weil das bedeutet, dass ich für den Moment schöner, schlanker und besser bin als die anderen. Ich halte mich mit Gedanken an meine Freizeit über Wasser, die ich jetzt doch so genießen könnte. Frei vom Arbeitsamt und Geldsorgen. Aber stattdessen fließt meine freie Zeit in Trübsalblasen und mein Geld in Essen. So viel Essen. Auch während der Arbeit hole ich mir entgegen meiner Vorhaben tütenweise Gebäck aus der nahegelegenen Bäckerei oder dem Supermarkt. Dabei wollte ich doch Salat essen, so wie Stella das immer macht. Ich frage mich, ob es den anderen auffällt, dass ich immer so viel in mich reinstopfe, aber irgendwie ist es mir auch schlichtweg egal. Ab und zu versuche ich das Ganze auf der Toilette wieder loszuwerden, aber es fällt mir schwer, wenn so viele potentielle Hörer für Würggeräusche anwesend sind. Außerdem trinke ich hier kaum Wasser, weil mein Bauch vor dem Kunden sonst so aufgebläht aussieht. Und ohne Wasser oder andere Flüssigkeit gibt es kein reibungsloses Kotzen. Einmal fahre ich in einer langen

Odyssee aus Schienenersatzverkehr zu Roman, der mich als allererstes gereizt fragt wo ich herkomme. In unserer Begegnung liegt die Erinnerung an die Gefühle, die ich so sehr liebte, immer wenn ich bei ihm war. Aber ich bemerke auch die Wand, die zwischen uns immer größer wird. Über meine Arbeit fällt kein Ton. Als wir miteinander schlafen kann ich mich nicht mehr bewegen. Regungslos liege ich da und lasse das alles über mich ergehen. Roman spürt das sofort. Er hört auf, legt seinen Kopf auf meine Brust und hält mich einfach nur fest. Soviel Feingefühl hätte ich ihm nicht zugetraut. Ich bin ihm dankbar für diese kleine Geste, dass ich wie ein Schlosshund heulen könnte. Aber ich kann nicht mehr weinen.

Ich bin am Ende. Ich kann einfach nicht mehr. Ich weiß nicht, was ich tun soll, um mir zu helfen. Langsam aber sicher beschleicht mich ein innerstes Gefühl, das mir einfühlsam in mein Ohr flüstert, dass ich nicht mehr lange leben werde sollte ich so weitermachen. Als wäre mein Leben auf diesem Weg beinahe verwirkt. Ich kann es überdeutlich spüren. Ich liege auf dem Sofa des

Gemeinschaftsraums des Bordells. Heute ist nicht viel los. Ich bin beinahe allein. Die Sonne strahlt sengend heiß in das schwüle Zimmer. So wie mein Körper in dem weichen, durchgesetzenen Polsters, versinkt auch meine Seele immer weiter in dem dunklen Strudel namens Depression. Würde ich hier sterben, ungesehen verrotten und verwesen, es könnte mir nicht egaler sein. Meine letzten Gedanken kreisen um Roman. Wie schön ich einst von uns geträumt hatte. Wie schön es gewesen wäre. Wie sehr ich mir gewünscht hätte von ihm geliebt zu werden. Wie schön wäre es seine Hand in meiner zu spüren. Ach wäre ich doch nur mutig genug gewesen. Eine einsame Träne fließt ohne Leben an meiner Wange hinab und trägt den Geschmack des Meeres davon. Hätte ich doch nur Ja gesagt, als mich Roman fragte, ob ich mit ihn in den Urlaub fahren möchte. Es ist zu spät. Träume aus der Vergangenheit können im Jetzt keine Gestalt mehr nehmen. Ich tippe wirres Zeug in mein Handy. An Roman. Irgendetwas. Roman gerät in Panik, ist auf dem Weg zu mir. Ich bin nicht zu Hause, schreibe ich, plötzlich kerzengerade aufgerichtet. Mein Herz schlägt noch, stelle ich fest. Und das nicht gerade still und leise. Ich bin nicht zu Hause. Hier kann er mir nicht helfen. Ich fühle mich so schäbig. Als wäre ich der schlechteste Mensch der Welt. Roman wollte mir helfen und ich kann seine Hilfe nicht annehmen. Dabei wünsche ich mir doch nichts sehnlicher auf der Welt.

„Daria, Kundschaft", wird in den Raum geworfen.

Ich lege mein Handy weg und wische mir die letzte Träne aus den Augen. Knopf an. Roboter läuft. Roman hat mir eine Nachricht hinterlassen.

„Ich bin immer für dich da, wenn du mich brauchst. A friend. Roman."

Ist er mir nicht böse, dass ich arbeiten bin und er sich umsonst in sein Auto setzte, um zu mir zu eilen? Das weiße Ross, auf dem er thront, strahlt heller als die Sterne. Aber etwas macht mich stutzig. A friend. Das kommt mir irgendwie bekannt vor, aber ich komme einfach nicht drauf. Warum in Englisch? Nachts, als ich endlich zuhause in meinem Bett liege, fällt der Groschen. Wie Schuppen fällt es von meinen Augen und ich erinnere mich, wo ich diesen Ausdruck schon einmal gelesen habe. Ich bin geschockt. Ich breche in Tränen aus, während meine Finger nach den uralten Nachrichten auf meinem Handy suchen.

„Wer bist du?"

„A friend."

Das waren die letzten Nachrichten des kläglichen E-Mail-Verlaufs von damals. Roman steckt hinter alldem! Warum? Bitte lass das nicht wahr sein. Ich fasse es nicht! Ich habe schon viele ungehobelte, unverschämte und respektlose Nachrichten auf meine damals geschaltete Anzeige für sexuelle Dienstleistungen bekommen. Aber die Nachrichten von diesem mysteriösen Johannes toppten dabei alles. Ich kann mir auch nicht mehr erklären, warum ich mich auf eine Konversation überhaupt einließ. Aber ich kann mich noch an meine Gefühle dabei erinnern. Dass ich mich so verschreckt und hilflos fühlte gegenüber diesem inneren Drang alles erdenkliche durchstehen zu müssen. Dieser Johannes wollte mich zu einem Treffen überreden. Er hatte genaue Vorstellungen. Er wollte mich schlagen. Verprügeln. Blaue Flecke ließen sich nicht vermeiden. Aber natürlich nur an Stellen kinnabwärts. Zu allem sagte ich Ja. Dabei hatte ich solche Angst. Und insgeheim wusste ich ganz genau, dass das eine dieser Verabredungen sein würde, zu der ich niemals auftauchen würde und mich dann für mein Versagen auf meine Art bestrafen würde. Johannes ist Roman! Ich bin immer noch sprachlos. Ich fühle mich auf schändliche Art und Weise hintergangen. Dass Roman so etwas tut, hätte ich niemals für möglich gehalten. Wer ist er? Ich stelle ihn zur Rede. Ich schäme mich in Grund und Boden, aber ich will das nicht ungeklärt lassen. Warum, frage ich ihn immer wieder.

„Weil ich eifersüchtig war."

Mehr nicht? Ich verstehe das nicht.

„Und ich habe dadurch erkannt zu was du alles fähig bist. Das war interessant Mia."

Liebe rammt mir einen Dolch in mein Herz. Die Kontrolle über meine Wahrheit, meine Realität, gleitet mir aus meinen Händen. Das stimmt so nicht! Das ist nicht wahr! Roman kann das doch nicht einfach so hinnehmen und glauben, dass ich tatsächlich zu so einem Treffen gegangen wäre! Warum will er mir nicht glauben? Ich bin so verzweifelt. Versuche Roman mit allem in meiner Macht stehende von meiner Unschuld zu überzeugen.

Aber jedes Wort zu meiner Verteidigung ist für ihn ein Beweis meiner Schuld. Ich bekomme Panik. Ein Bild, auf das schwarze Flecken fielen, wird nie wieder rein. Eine kaputte Tasse nie wieder ganz. Dabei hat das Bild das nicht verdient. Die Tasse ist nicht so gefallen wie du denkst. Aber wie soll man das beweisen, wenn meine einzige Verteidigung mein gesprochenes Wort darstellt. Ein Abglanz meiner Seele zwar. Aber unsichtbar.

An einem sonnigen Tag Ende August entscheide ich mich dafür wieder eine Ausbildung anzufangen. Ich weiß nicht wie ich darauf komme, es ist auch nicht mein Lebenstraum, aber in dem Moment fühlt es sich gut und richtig an. Meine Therapeutin ist erleichtert, wie sie mir beichtet. Und auch ich fühle einen Stein von meinem Herzen fallen, als ich mich beim Arbeitsamt und im Bordell abmelde und meine Anmeldeunterlagen in der Schule einreiche. Drei Jahre in Sicherheit. Drei Jahre ohne Sorgen über die ultimative Zukunft. Mein Körper darf sich regenerieren und ich freue mich darauf Roman von meinem Entschluss zu erzählen. Ob er genauso stolz auf mich sein wird wie ich auf mich selbst?

Da ich jetzt wieder ein normales Leben führe, erachte ich meine Therapie als hinfällig. Natürlich ist das Schwachsinn. Mein Leben ist immer noch meilenweit davon entfernt, was die meisten Menschen als normal bezeichnen würden. Keine Freunde, ein soziales Umfald das lediglich aus einer Familie besteht, die keinen blassen Schimmer über mein Doppelleben hat und die mich somit niemals authentisch lieben kann. Und einem Geliebten, der mich ständig fallen lässt. Der mir einst versprach immer für mich da zu sein. Das war das Schlimmste, das er jemals zu mir sagte. Weil er nie da war für mich. Weil er nicht da ist für mich. Weil wir uns immer weniger sehen, weil er mich nicht sehen will. Da sind weiterhin Freier, die sich vom Bordell wieder in die Freizeit verlagert haben. Es gäbe viele Themen, die ich mit einer Therapeutin besprechen sollte. Aber dann müsste ich von dem Smalltalk über die aktuellen Geschehnisse in meinem Leben zu dem wechseln, das abseits der aktuellen Brisanz kaputt und gescholten in meiner Seele liegt und bearbeitet werden will. Ich bin nicht bereit dafür und so renne ich davon. Versichere meiner Therapeutin, dass sich mein Leben nun zum besseren wenden wird und ich meine Probleme von nun an allein bewältigen werde. Ich denke nicht, dass sie mir glaubt. Aber sie lässt mich ziehen.

Die Schule beginnt und bevor ich meinen ersten Schritt in das Gebäude mache, bin ich hochmotiviert. Das bringen Neuanfänge so mit sich. Den Gedanken, dass jetzt alles anders wird. Besser wird. Glücklicher wird. Aber schon der este Tag zeichnet ein Bild, das in den drei Jahren, die auf ihn folgen, sich nicht verändern wird. Ich fühle mich nicht wohl. Ich fühle mich sogar so unwohl, dass ich auf das einzige Mittel zurückgreife, das ich in ähnlichen vergangenen Situatiionen anzuwenden pflegte. Rückzug in die Apathie. Ich fühle mich zurückversetzt in meine Schulzeit, bin mit den gleichen Gefühlen, den gleichen Ängsten, der gleichen sozialen Inkompetenz konfrontiert, dass die Apathie eine Traurigkeit begleiten wird, die nur durch das Ein-Uhr-Läuten verstummt. Ich werde wieder zu der Person, die ich früher schon so sehr hasste. Ich bin wieder diejenige, die teilnahmslos hinten in der Ecke sitzt. Die in den Pausen mit niemandem redet, wenn sie nicht muss. Die immer das sagt, was andere hören wollen. Die nicht aneckt, die nicht auffällt, die nicht da ist, die nicht sie selbst ist. Ich bin unglücklich und so versinken die freien Nachmittage in gähnender Leere, die in meiner Wohnung haust. Still und gewissenhaft erledige ich tagtäglich meine Hausaufgaben und sobald meine Pflichten erfüllt sind, folgt der belohnende Gang in den Supermarkt. Dort erkaufe ich mir mein Glück, welches sich in Bergen aus Schockolade und Billig-Fast-Food seinen Weg in meinen Einkaufswagen bahnt. Essen. Kotzen. Schlafen. Schule. Essen. Kotzen. Schlafen. Schule. Ich vermisse Roman und ich will Roman hinter mir lassen. Einmal besuche ich eine Freundin, mit der ich mich in der Schule anfreunde. Eine zwanzig Jahre ältere Russin, die stets gut gekleidet ist und mit der ich aufrichtig gerne spreche. Als ich abends auf dem Weg nach Hause bin, steige ich kurzerhand in einen anderen Zug, der zu Roman fährt. Es ist Jahresende. Wir haben uns schon wochenlang nicht mehr gesehen.

"Ich liebe dich", flüstert Roman mir leise aber bestimmt ins Ohr als wir miteinander schlafen.

Das ist der Moment, auf den ich so lange gewartet hatte. Jahrelang hatte ich darauf gewartet. Und jetzt? Ich fühle gar nichts. Es fühlt sich nicht echt an. Ohne Bedeutung. Weil ich wieder das Gefühl habe nicht anwesend zu sein, nicht gesehen zu werden, geschweige denn verstanden zu werden. Ich habe wieder das Gefühl zwischen meiner Seele und meinem Körper ist eine Wand, die Gefühle schluckt. Manchmal weine ich während wir miteinander schlafen oder danach. Dann denke ich, das was wir gerade tun ist schlimm. Aber wenn es vorbei ist deklariere ich diese Gedanken als haushohe Übertreibung. Ich spreche die Sprache der Tränen nicht.

LANGZEITFIEBER

Was ist das? Überraschung. Ein Fieber, das über einen langen Zeitraum besteht. Ein Fieber, das so lange besteht, dass man fast vergisst, wie es vorher war. Ohne Fieber. Ein Schmerz, der zum Dauerzustand geworden ist und aus dem täglichen Leben nicht mehr wegzudenken ist. Verschmolzen mit dem Ich in der Glut der Traurigkeit. Trotzdessen hört es nicht auf seine Wirkung zu verfehlen. Es frisst einen weiterhin auf, laugt einen aus bis aufs Mark. Verbrennt die Freude, auf dass sie möglicherweise für immer versiegt. Roman hat mich damit angesteckt. Zwei Jahre ist das nun schon her. Seltsam, dass ich immer noch denke, dass wir irgendwann ein glückliches, verliebtes Paar sein werden. Sieht die Realität doch so anders aus.

Wir haben kaum Kontakt. Ich denke das liegt an vorrangig zwei Dingen. Erstens weil mir die Trostlosigkeit meines Lebens so bewusst ist, dass ich es mir nicht wert bin womöglich ein anderes Leben führen zu dürfen. Kurz und knapp: Ich will ihn nicht sehen. Nicht weil ich ihn nicht sehen will. NIchts würde ich mich sehnlicher wünschen. Aber ich bin nicht würdig. Nicht gut genug. Wir sehen uns alle sechs bis acht Wochen, wenn es hoch kommt. Mitunter auch seltener. Meine Gedanken kreisen unaufhörlich um die Fragen, ob ich mich von ihm lossagen sollte oder um ihn kämpfen sollte. Dabei will ich nicht wahrhaben, dass ich möglicherweise gar nicht im Stande bin ihn loszulassen. Letztendlich schließt jede Gedankenkette mit der Tatsache, dass ich ihn doch liebe. Daran führt kein Weg vorbei. Ich kann es verleumden so viel ich will, meine Gefühle für ihn sind omnipresent und nicht einfach so rückgängig zu machen. Es ist nicht so als könnte ich mich einfach von heute auf morgen dazu entschließen ein Leben ohne ihn in meinem Kopf und in meinem Herzen zu führen. Das ist unmöglich. Und so kreisen meine Gedanken weiter. Ringen verzweifelt gegen das ungute Gefühl, die leise Ahnung, das intuitive Wissen, dass Roman meiner Psyche alles andere als zuträglich ist. Jeder Kontakt zu ihm ist beglückend und verletzend zugleich. Über allem steht jedoch das Gefühl meine Gefühle nicht aushalten zu können. Die Verzweiflung, die so tiefe Gräben in meine

Seele reist. Wie soll man dem entfliehen? Ich versuche es ja. Auf meine Weise. Aber auch meine Weise tut mir nicht gut, flüstert mir diese entfernte Stimme zu, von der ich nie weiß, wer sie ist und ob man ihr überhaupt trauen kann. Meine leeren Blöcke füllen sich mit den immer gleichen Listen, den immer gleichen Abwägungen und Gedanken, die mich so unglaublich erschöpfen, dass nur das Fressen oder das Ritzen mir Linderung verschaffen kann. Unaufhörlich frage ich mich, warum er mir nicht sagt ich solle ihn in Ruhe lassen, wenn er mir so abgeneigt ist? Ich verstehe schlichtweg nicht, warum ich immer so traurig und so gefühlslos bin. Es geht nicht in meinen Kopf, warum Roman mir gegenüber diese Egal-Haltung an den Tag legt und die alte Liebenswürdigkeit wie weggeblasen scheint. Ich verstehe, dass der Umgang mit Roman meine Essstörung verschlimmert. Seit ich ihn kenne, ergreift er keine Initiative mich zu sehen und mit mir Zeit zu verbringen, außer es geht um Sex. Wie soll ich ihm vertrauen, wenn er sich so verschließt. Wie soll ich seine Worte nicht hundert Mal um die eigene Achse drehen auf der Suche nach dem wahren Kern, wenn ich seine Wahrheit doch nicht kenne. Ich wünschte ich könnte aufhören zu hoffen. Die Hoffnung einfach aufgeben, dass sich alles noch zum Guten wendet. Warum kann ich das nicht? Weil mich die Hoffnung am Leben erhält. Und ich liebe ihn doch so sehr. Ganz allein sitzt er auf seinem hohen Thron. So fest verankert. Unerschütterlich. Ich will auch dort sein. Bei ihm. Dann bin ich glücklich. Bis wir wieder im Bett landen. Die Zeit trägt diese stillen Kämpfe in die Ewigkeit. Ich melde mich bei verschiedenen Foren an, in denen ich um Hilfe suche, sie aber doch nicht finde. Denn ich habe ein Problem. Und das Problem heißt Sex. Ich kann mit Roman schon lange keinen Sex mehr haben. Dafür liebe ich ihn zu sehr. Manchmal tut er Dinge, dann muss ich weinen. Er will immer mehr von mir und ich gebe ihm alles, was er will. Und oft hoffe ich, dass es bald vorbei sein wird. Dass er mich wieder in den Arm nimmt, meine Verletzungen streichelt und mir das Gefühl gibt, dass ich ihm doch wichtig bin. Ich weiß nicht, ob ich das gleiche will wie er. Aber wenn ich es wollen würde, dann wäre ich eine begehrenswerte junge Frau und plötzlich reiten wir wieder auf der gleichen Welle. Ich bin so oft traurig, so oft würde ich ihm zeigen, wie es mir wirklich geht. So oft stehe ich kurz vor einem ehrlichen Wort in der Hoffnung auf ein offenes Ohr. Ein Wort, das letztendlich doch versiegt. In Stille. So still wie bei all den anderen. Wie die stille Gewalt gegen mich. Still, weil der Schlag nicht zu hören ist. Und doch dringt er tief. Still, weil kein Blut fließt und doch schneidet sie tief. Still, weil nichts bleibt. Und doch so viel. Ein lauter Schmerz, der schreit, wenn er sich auch nur nähert und in mein Blickfeld schleicht. Der laute Schmerz, der unsere Zukunft zerstört, weil die Gewalt damals zu leise war. Das, was ich mir am meisten wünsche in meinem Leben ist ich selbst sein zu können. Ich würde so gerne viel mehr Zeit mit Roman verbringen und doch schrecke ich vor der wenigen Zeit, die wir haben, zurück, weil ich Angst davor habe wieder mit ihm schlafen zu müssen. Weil ich dann nicht ich selbst bin. Weil ich dann wieder leiden muss. Dabei ist das alles in Wirklichkeit doch halb so schlimm. Wenn es vorbei ist, ist es nicht mehr schlimm. Dann kommt mir meine Angst einfach nur überzogen vor. Wie ein Lügner. Ich bin ein Tropfen aus dem Himmel, der ins Meer gelangte und dort verschwamm mit der gewaltigen Masse des Ozeans. Ein Himmelstropfen, der sich im Meer nicht mehr daran erinnert, wer er einmal war. Der nicht mehr weiß, wer er ist. Der seine dünne Haut aus Wasser im Meer verlor.

Mein Traum ist es irgendwann wieder ein Tropfen zu sein.

Im Sommer fahre ich mit meiner Schwester und meiner Klasse nach London. Ich bin überglücklich und kann das Ende des kurzen Städtetrips kaum abwarten, denn Roman schrieb mir, dass wir sehrwohl zusammen sein könnten. Eine richtige Beziehung. Wenn ich das will. Ganz offiziell. Natürlich will ich das. Das weiß er doch. Ich kann es kaum erwarten meiner Schwester davon zu erzählen. Sie freut sich für mich. Für diesen Schritt in Richtung meines Traums aus Geborgenheit und Sicherheit. London gefällt mir sehr, ich bin verliebt in die nordische Backstein-Ästhetik und meine Schwester und ich fühlen uns wie gewaltige Glückspilze die Stadt im Sommer fünf Tage mit strahlendem Sonnenschein genießen zu können. Roman ist jedoch immer dabei. Wie es jetzt wohl wäre mit Roman hier an der Themse entlang zu schlendern? Wie wäre es wohl jetzt mich an seinen Körper zu schmiegen in der Sicherheit einer festen Beziehung? Ich gehe wie auf Wolken und entgegen meiner Erwartungen holt mich ein Wolkenbruch ein sobald wir wieder zuhause sind. Roman will mich nicht sehen. Wie immer meldet er sich nicht bei mir. Kein Wort. Meine Sehnsucht scheint allein zu sein. Er weicht mir aus, wenn ich mich nach einem Zeitpunkt für ein Wiedersehen erkundige. Oder er ignoriert meine Nachrichten komplett. Will er nicht mehr mit mir zusammen sein?

"Doch, natürlich Mia", versichert er mir, wenn ich ihn darauf anspreche.

Die rießige Kluft zwischen seinen Worten und seinen Taten zerreißt mein Herz. Jahrelang. Alles was mir bleibt ist eine verschlingende Ungewissheit, eine gähnende Leere an Unverständnis und Sprachlosigkeit. Es tut weh, körperlich weh. Es tut so weh, dass mich meine seelischen Schmerzen drohen von innen aufzufressen. In blutigen Rinnsalen aus schnellen Schnitten bahnen sie sich einen Weg nach draußen. Ein Ventil. Damit ich nicht sterben muss. Meine Ideale zerbrechen an der Realität. Jetzt, da ich mich ansatzweise wirlich bereit für eine Beziehung fühle und den Wachstum, den sie mit sich bringt, kommt Romans wahres Gesicht an die Oberfläche. Ich bin ihm einfach nicht wichtig. Wie sehr wünschte ich mir gemeinsame Gespräche, gemeinsame Tage und Nächte, eingebettet in den Alltag, der für so viele Menschen zu langweilig und unaufgeregt ist. Sehen sie nicht das große Geschenk, das darin verborgen liegt? Jeden Tag mit dem geliebten Menschen verbringen zu dürfen. Zu lachen, seiner Stimme zu lauschen, wenn er von seinem Tag erzählt, nebeneinander einzuschlafen und am nächsten Tag wieder genauso nebeneinander aufzuwachen. Das ist doch wahre Glückseligkeit! Ich bin am Boden zerstört, will die Realität nicht wahrhaben. Ich will nicht wahrhaben, dass er mich nicht will. Und doch ist da diese Stimme in mir, die mir hilft den Entschluss zu einer Kontaktsperre zu fassen. Erstmal nur bis zum Jahresende. Vielleicht bin ich bis dahin von ihm los und mit mir alleine glücklich und zufrieden. Ich schäme mich dafür meiner Schwester in einem impulsiven Moment von Romans Nachricht über das Zusammensein erzählt zu haben. Ich fühle mich furchtbar naiv und dumm so viel Gewicht da hineingelegt zu haben. Wie erbärmlich! Jetzt stehe ich immer noch allein da. War wohl doch nicht so wichtig. Mein Entschluss ist mit Verzweiflung, Angst und Vermissen untermalt, aber ich will das durchziehen.

Wieder stark werden. Bis dahin kann ich bluten. Bis ich auch das nicht mehr brauche.

TRAUMTANZ

Kontaktsperre sperrt einen Kontakt aus dem Leben. Das klappt gut. Aber nicht, weil wir uns keine kleinen Nachrichten mehr schreiben, sondern weil Roman ein Mensch ist, der Schwierigkeiten damit hat mit anderen Verabredungen zu treffen. Die Gründe dafür können zahlreich sein. Vielleicht auch einfach. Für mich liegen sie jedoch bis heute im Verborgenen. Kommt es mir nicht zugute, dass sich Roman nie meldet? Wollte ich nicht genau das? Jain. Eigentlich möchte ich, dass er auf allen vieren angekrochen kommt. Mir seine Sehnsüchte beichtet, mir ins Ohr flüstert wie sehr er mich vermisst während er mich eng an seinen Körper drückt. Mein Verstand kämpft jedoch mit der Realität und kommt jeden Tag zu dem Schluss, dass es am besten für mein Leben sei, wenn das Stück Roman für immer aus meinem Leben bricht. Ich ahne, dass dort immer ein Loch sein wird. Natürlich halte ich meine selbstauferlegte Kontaktsperre nicht lange durch, da konnte auch der Beginn eines neuen Jahres nichts daran ändern. Ich falle oft zurück. In das Netz aus gewohnten, alten Mustern.

Manchmal frage ich Roman sachlich und freundlich, ob wir uns nicht doch einmal wieder treffen mögen. Manchmal erhebe ich schwere Angklage gegen ihn, gegen sein unmenschliches Verhalten, das er mir gegenüber an den Tag legt. Wie kann ein Mensch einen anderen Menschen nur so schändlich behandeln? Ich bin eine erbärmliche Labormaus, die immer und immer wieder den Knopf betätigt, aus dem einst ein großes, buntes Bonbon fiel. Aber auch nach dem hundertsten erneuten Versuch, der in Enttäuschung mündet, gibt die Maus nicht auf. Durchhaltevermögen ist ihre größte Stärke, Hoffnung ihr größtes Ideal. Die Maus hört nicht auf den Knopf zu drücken, aber irgendwann werden die Intervalle weniger, die Abstände größer, die Pausen, die sie zum Aufbau neuer Motivation, neuen Antriebs benötigt, länger. Ein ganzes Jahr zieht an mir vorbei und alles, an das ich mich erinnern kann ist, dass Roman sich nicht meldete. Beziehungsweise, ganz richtig ist das auch wieder nicht. Einmal hat er mir eine Nachricht geschrieben. Daran kann ich mich sehr gut erinnern. Ich lag abends im Bett. Mein Leben bestimmt zu dem Zeitpunkt die Bulimie, die mich an die Küche und die Toilette, und die Depression, die mich in mein Zimmer fesselt. Würde ich von außen auf mein Leben Blicken, würde ich wohl feststellen, das es ein Leben ist, das nicht lebenswert ist. Dass es ein Leben ist, das mein Leben frisst. Und vor allem meine Zeit. Ich hätte wahrscheinlich Mitleid mit mir und würde den Anblick herzerweichend traurig finden, aber ich kenne nun einmal keine andere Realität. Die schönsten Stunden sind die Stunden, in denen ich von Roman träume. Und von mir. Im Schlaf, zuhause nach einem anstrengenden Kotztag auf dem Sofa, im Unterricht, beim blinden Gehen auf dem Fußgängerweg. Roman ist überall bei mir. Jedes Aufwachen ein harter Griff um mein Herz. Ich kann mir kaum noch vorstellen, wie es früher einmal war Interessen zu haben und Freude an Hobbies zu empfinden. Sogar der Zwang zur Prostitution hat nachgelassen. Eine Zeit lang wollte ich mir eine Pause gönnen, eine Zeit lang wollte ich versuchen Romans Willen davon Abstand zu gewinnen. Aber Essen ist teuer und auf Essen kann ich nun einmal nicht verzichten. Ich glaube es war im Juni oder Juli, als mir Roman schrieb. Wie bereits gesagt lag ich auf meinem Bett.

"Hallo, darf ich dich was fragen", Romans Nachricht, die wie aus dem Nichts auf mich einprasselt, wirkt wie ein guter Schuss nach langer Zeit der Abstinenz.

"Ja, klar."

Er vermisst mich also doch. Bin ich vielleicht doch nicht die einzige, die leidet? Wird jetzt wieder alles gut?

"Wollen wir uns mal wieder so treffen wie früher? Im Wald? Ich bezahle dich auch."

Ich kann das nicht. Ich fange heftig an zu schluchzen. Tränen strömen aus meinem Gesicht, wo monatelang keine waren. Sieht er denn nicht, dass ich Hilfe brauche? Dass ich alles brauche, nur nicht das? Zu allem Ärgernis denke ich ernsthaft über seinen Vorschlag nach. Ich würde ihn doch so gerne wieder sehen. Aber nicht so. Und so bleibe ich allein. Funktioniere weiter. Halte mich weiterhin mit meinen Krücken standhaft über Wasser. Breche regelmäßig ein, mir knicken die Beine weg. Aber spätestens zuhause wartet die große Belohnung, die mich auch am nächsten Tag wieder aufstehen lässt. Und am schönsten ist die Nacht. Wenn Roman so ist, wie ich es mir von Herzen wünsche. In der Nacht im Traum ist er wieder sanft und liebevoll zu mir, nimmt mich tröstend in den Arm und hilft mir bei meinen Schwierigkeiten. In der Nacht im Traum unterstützt er mich wo er kann, mit allem was er hat, er bringt mich zum Lachen und ich lerne ihn aufrichtig auch körperlich wieder zu lieben. Im Traum tanzen wir ein Leben, das das Leben niemals toppen kann.

"Ich habe fast ein Jahr gebraucht, um dich nicht mehr zu lieben Mia, aber tue es doch irgendwie."

Silvesterabend.

"Das kommt mir bekannt vor."

VERENA

Heute ist mein Geburtstag. Nach einem schönen Tag mit der Familie bin ich nun allein zu Hause. Roman hat mich gefragt, ob er anrufen darf, um mir zu gratulieren. Natürlich darf er mich anrufen! Ich bin so aufgeregt, weil wir in all den Jahren, die wir uns jetzt kennen, kein einziges Mal ein richtiges Telefonat führten. Einmal hatte er mich angerufen, weil er seine Handschuhe bei mir vergessen hatte, als er mich zuhause ablieferte. Aber das ist nicht der Rede wert. Nicht zu vergleichen mit einem Telefongespräch, das beide Parteien mit der Absicht führen sich zu unterhalten. Gemütlich auf dem Sofa sitzend, mit einer Tasse Tee in der Hand, weil man weiß, dass es länger dauern wird. Oder im Bett auf dem Bauch liegend, in einer Hand das Telefon, das Kinn in die andere Hand abgestützt, so wie ich gerade. Das ist etwas komplett anderes und ich bin überglücklich heute an meinem Geburtstag in diesen Genuss zu kommen. Ich fühle mich wie der größte Glückspilz, bin dankbar für meinen großen Schirm und die Lamellen, die der Sonne entgegenwachsen. Seit Anfang dieses Jahres schreibe ich wieder häufiger mit Roman und die Hoffnung mit ihm irgendwann doch eine richtige Liebesbeziehung führen zu könnnen wurde wieder zu einem lodernen Feuer entfacht. Nachdem ich sie solange unterdrückt hatte und sie auf Sparflamme laufen musste.

"Alles Gute zum Geburtstag, Mia."

Seine Stimme. Einfach nur. Wunderschön. Entgegen all meiner Befürchtungen entsteht hier und heute weder eine peinliche Stille noch angespannte Resentiments in Erinnerung an vergangene Verletzungen. Im Gegenteil. Wir unterhalten uns angeregt. Stundenlang. Und er bringt mich nicht nur einmal zum aufrichtigen Lachen. So wie früher.

"Hast du Lust mal wieder wegzufahren? So wie früher."

Mit so einem Vorschlag hatte ich nicht gerechnet und weiß erstmal keine Erwiderung.

"Ja, also, gerne. Wenn es zeitlich passt", sage ich schließlich.

So genau wisse er das auch noch nicht. Aber in zwei Wochen könnte er das wohl einrichten.

"Ich würde einfach so gerne mal wieder mit dir wegfahren. Einfach mal nichts tun. Nur zu zweit."

Mein Herz klopft. Ich freue mich jetzt schon auf diese unbekannte Zeit. Als wir uns letztendlich verabschieden und ich das Handy vom Ohr nehme, stehen da doch tatsächlich über zwei Stunden Anrufzeit auf dem Display. Ich kann es kaum glauben. Glückselig kuschle ich mich in meine Bettdecke und lasse das Gesprochene Satz für Satz Revue passieren. Den Klang seiner Stimme immer noch in meinen Ohren. Roman war so lieb zu mir, so freudig, so voller Versprechen an die Zukunt. Wie sehr sich das Leben doch wandeln kann!

Aus den zwei Wochen werden vier. Aus den vier Wochen werden fünf. Aus den fünf Wochen werden sechs. Anfangs erkundige ich mich einmal in der Woche nach dem von ihm veranschlagten Zeitpunkt für ein gemeinsames Wochenende abseits der Heimat. Er hat keine Zeit. Jedes Wochenende fährt er in die Schweiz. Dort steht das Hauptwerk der Firma. Meine Nerven liegen wieder blank und nach kürzester Zeit habe ich mich erneut in das hilflose, bettelnde Wrack verwandelt, dessen Existenz ich so sehr verabscheue. Nun frage ich ihn täglich, wann er denn Zeit hat für mich. Dabei ist alle Freundlichkeit aus meinen Nachrichten gewichen. Aber er hat keine Zeit. Er ist immer in der Schweiz. Jedes Wochenende fährt er in die Schweiz.

"Hey, ich wollte eigentlich mal nach einem Krankenbesuch fragen", Roman hat die Sommergrippe. "Immer, wenn ich krank war, wolltest du mich unbedingt gesund pflegen."

"Das stimmt." Ob Roman jetzt auch lächelt? "Aber ich bin nur noch morgen da und ab Mittwoch bis Montag in Zürich."

"Dann hast du morgen doch noch Zeit", heute ist Montag.

"Nur bis fünfzehn Uhr, danach packen und abends fahre ich los."

"Okay, verstehe. Schade." Ich weiß nicht was mich dazu treibt und woher es kommt, aber an diesem dreizehnten Juli schießt mir diese beklemmende Frage in den Kopf. "Hast du momentan eigentlich eine Freundin?"

"Warum fragst du?"

"Weil es mich interessiert."

"Ich gehe mal davon aus, wenn es so wäre, dann..."

"Dann?"

"Dann würden wir uns sowieso nicht mehr sehen."

Bitte nicht. Mein Herz ist zerrissen. Ich falle in Ohnmacht.
Bitte nicht. Ich will nicht mehr leben.

"Heißt das ja?", frage ich nach. Dabei weiß ich es doch.

"Antworte lieber, dann sage ich es dir."

"Das stimmt", ich will das nicht, ich traue mir das nicht
zu, aber ich behaupte es, weil alles andere mich
verbluten lässt.

"Na siehst du!"

"Hm? Und was ist deine Antwort, Roman?"

"Wir sehen uns nicht mehr!"

Meine Welt bricht auseinander, alle Fäden, die sie bisher
zusammen hielten sind gekappt. Ohnmacht. Ohne Macht.

Ich will es einfach nicht wahrhaben. Ich darf es nicht wahrhaben.

"Warum hast du mir das nie gesagt?" Keine Reaktion. Minutenlang. "Ist es so schwer mir eine ehrlich eAntwort zu geben? Willst du mich jetzt einfach so stehen lassen? Bin ich dir das bisschen Respekt nicht wert?"

Eine Stunde später.

"Sie lebt in der Schweiz und ist ab und an mal hier! Ehrliche Antwort!"

"Würdest du morgen bei mir vorbeikommen, wenn ich dich darum bitte?", flehe ich.

"Wann?"

"Egal."

"Und dann?", fragt er mich. "Mittags könnte ich."

"Ich werde zuhause sein."

"Ich war immer ehrlich zu dir, Mia, und habe nur die Wahrheit gesprochen."

"Seit wann seit ihr denn zusammen?"

"Seit Anfang des Jahres."

Mein Herz rutscht von der Hose in den Boden. Dann rappelt es sich wieder auf. So lange ist das noch nicht. Ich habe noch eine Chance. Ich weiß schließlich, dass er mich mehr liebt. Er kann sie gar nicht mehr lieben als mich. Weil er mich genauso liebt wie ich ihn.

"Du weißt ich würde dich küssen wollen, Mia."

"Ich verstehe das nicht." Ich verstehe das wirlich nicht. Wie kann er das wollen und mit jemand anderen zusammensein?

"Dann lassen wir es doch lieber gleich."

Was?

"Nein, bitte nicht", ich will nicht, dass wir es lassen.

"Was verstehst du denn nicht Mia?"

"Dich."

"Dann sollten wir uns lieber nicht sehen, wenn du das nicht kannst."

"Warum? Erklärs mir bitte."

"Was gibt es da zu erklären? Ich will dich küssen, dich berühren und dich spüren."

Das tut weh.

"Warum willst du mich küssen und berühren, wenn du mir heute gesagt hast, dass du vergeben bist?"

"Weil du mich nach wie vor anziehst und das weißt du. Auch wenn ich immer versuchte es zu verdrängen und mich dem zu verwehren. Aber vielleicht sollte ich den Gedanken verwerfen."

"Versprich mir bitte, dass du morgen kommst."

"Und dann? Enttäusche ich dich wieder, weil ich dir nicht mehr bieten kann?"

"Warum kannst du das nicht?"

"Weil ich doch vergeben bin."

"Und trotzdem würde ich dich gerne sehen."

Zwei Stunden später.

"Ich bin jedenfalls zuhause."

Zwei Stunden später.

"Und wie gesagt ist das so wichtig für mich." Den ganzen Tag stehe ich weinend am Fenster.

Zwei Stunden später.

"Ich weiß nicht, ob du das verstehst, aber es wäre wirklich schön."

Zwei Stunden später.

"Bist du schon bald da?"

Ich stehe immer noch am Fenster und bei jedem Auto, das um die schmale Ecke biegt, halte ich meinen Atem an.

Zwei Stunden später.

"Bitte."

Zwei Stunden später.

"Kannst du mir sagen, ob du heute noch vorbeikommst?"

"Dabei wollte ich dir immer noch so viel sagen. Ich wusste nicht, dass für dich schon alles zu Ende ist."

"Was wolltest du mir sagen, Mia?", fragt mich Roman endlich.

"Ich dachte immer, dass wenn wir uns das nächste Mal sehen, können wir vielleicht mal über alles reden und vielleicht wird dann alles gut."

So oft musste ich letzte Nacht auch an unser Gespräch an meinem Geburtstag denken. "Du sagtest sogar du willst dir mehr Zeit nehmen und mit mir zusammen meinen Geburtstag nachholen."

Zwei Stunden später.

"Sagst du jetzt nichts mehr? Warum hast du mir nicht gesagt, dass ich dir egal geworden bin?" Verzweiflung mischt sich in meine schluchzende Traurigkeit.

"Aber das bist du doch auch nie und das weißt du auch Mia."

"Ich würde mir ernsthaft wünschen, dass du mir ehrlich sagts warum du behauptest ich sei dir nicht egal." Seine Antworten machen mich so wütend. "Oder was du eigentlich wirklich von mir willst."

"Was macht das jetzt für einen Sinn, Mia?"

"Ich wünsche mir einfach Klarheit."

"Wie soll ich es begründen, wenn ich sage du bist mir nicht egal. Nein. Das warst du nie. Aber irgendwann kommt die Erkenntnis, dass ich es dir irgendwann war."

Das kann doch nicht sein Ernst sein! Wie kann er mir so etwas nur vorwerfen und so eine Aussage in den zerklüfteten Raum zwischen uns werfen?

"Ist das dein Ernst? Glaubst du das wirklich?", frage ich ungläubig.

"Ja."

"Ich habe dir auch nie geglaubt. Da kann ich wohl schlecht erwarten, dass du über mich anders denkst und fühlst. Ich finde es nur schade, dass du nie gefragt hast. Und dass uns nie möglich war über Dinge zu sprechen. Ich finde es so unglaublich traurig, dass du diese 'Erkenntnis' einfach so ohne mich für dich gefunden hast."

"Mir blieb nichts anderes übrig, Mia. Und es bringt nichts sich zu sehen. Ich würde dich nur wieder berühren wollen."

"Ich weiß doch auch nicht, was es bringen würde, Roman. Ich glaube du weißt gar nicht, wie sehr ich dich heute gerne gesehen hätte. Allein schon um meine tausend Gedanken loszuwerden. Und dass ich dich einfach noch einmal gerne gesehen hätte. Für mich kam das gestern so plötzlcih. Ich fühle als wäre jemand sehr wichtiges in meinem Leben gestorben und von mir gegangen. Und ich konnte nichts dagegen tun. Es tut mir leid, aber so ist es. Wohl ziemlich dumm so lange zu hoffen."

Jetzt stehe ich ihm nackt und hilflos gegenüber. Seiner Willkür ausgeliefert.

"Am Sonntag bin ich wieder zurück. Vielleicht sehen wir uns dann."

Wieder hoffen bis es endlich Sonntag ist. Vier lange Tage lang. "Dann würde ich zu dir kommen."

"Ändern wird es troztdem nichts, oder?", ich halte dieses Warten nicht aus.

Ich will jetzt Gewissheit. Roman zeigt jedoch kein Erbarmen. Keine Zugeständnisse, keine Versprechen, kein Hoffen, kein niederschmetternder letzter Schlag, kein finales Nein.

Ich habe aufgehört zu essen. Zum ersten Mal in meiner jahrzehntelangen Essstörungsgeschichte habe ich aus vollstem Herzen keinen Hunger. Keinen Appetit. Wenn ich nicht so traurig wäre, würde ich mich wahrscheinlich freuen. Aus Vernunft bereite ich mir trotzdem kleine Gerichte zu, esse jedoch nur die Hälfte. Kauen und Schlucken ist nun ohne Sinn. Ich lasse es stehen. Ich kann nicht mehr schlafen. Ich hatte noch nie mit Schlafstörungen zu kämpfen, aber jetzt liege ich wach. Wälze mich von Minute zu Minute. Von Stunde zu Stunde. Ich entwickle die obstruse Angewohnheit um vier Uhr morgens aufzustehen und wie eine Geistesgestörte durch den Park zu joggen. Ich hoffe mich auszupowern, Energie loszuwerden, die ich gar nicht habe, aber danach fühle ich mich nicht erleichtert. Lediglich meine körperliche Schwäche bringt mich dazu die einstündige Runde nicht vierundzwanzig Mal zu wiederholen. Ich will nicht nach Hause, wo die Tränen und die Verzweiflung auf mich warten. Mir ist als würde die Erinnerung an Romans körperliche Nähe verblassen, als könnte ich mich nicht mehr recht an sein Gesicht erinnern können. Das macht mir Angst.

An besagtem Sonntag kommt Roman tatsächlich zu mir nach Hause. Ich verbringe den ganzen Vormittag damit meine Wohnung blitzblank zu putzen und dann verbringe ich Stunden im Bad, um auch aus mir das beste rauszuholen. Mein Herz pocht so laut. Ich habe Angst, dass Roman es hören kann. Er klingelt und ich öffne die Tür. Bitte ihn herein. Es ist seltsam. Als hätten wir uns erst gestern gesehen. Wir halten schüchtern und vorsichtig Abstand, aber ansonsten fühlt es sich alles so locker und leicht zwischen uns an. Paradoxerweise plaudern wir, als wäre nichts gewesen, als stünde nichts zwischen uns. Smalltalk. Auch seine Freundin kommt dabei mal vor. Roman erzählt mir auch von seiner langen Burnoutphase im letzten Jahr und der kräftezehrenden Scheidung, die in einer düsteren Gerichtsverhandlung gipfelte. Ich bin ganz ruhig. Gelöst und entspannt. Erst als er wieder weg ist, frage ich mich, warum ich nicht wusste, dass er die ganze Zeit verheiratet war. Und ich frage mich, warum er mir nicht erzählte, dass es ihm gesundheitlich so schlecht ergangen war. Hätte ich dann manches möglicherweise anders gesehen? Hat er sich nur deswegen nie bei mir gemeldet und ging Treffen aus dem Weg? Nach etwa fünfzehn Minuten schließt sich meine Wohnungstür wieder hinter ihm. Es war so schön. Und so kurz. So wie früher.

Ich bin furchtbar enttäuscht von mir, dass ich nicht den Mut fand, Roman all die Dinge, die mir auf dem Herzen liegen, zu sagen, als er in meiner Wohnung vor mir stand. Aber wie soll das auch gehen, wenn er eingangs erklärt er hätte nur zehn Minuten Zeit? Und so schmiede ich neue Pläne. Heute Abend werde ich zu ihm fahren und ihm all das sagen, was die vier Blatt Papier vor mir füllen. Ich habe mir ein neues Kleid gekauft, das ziehe ich an. Heute finde ich mich ganz hübsch. Ganz ansehnlich. Liegt wahrscheinlich am Gewichtsverlust. Erst im Zug merke ich, dass das Kleid viel zu tief ausgeschnitten ist und man deutlich sehen kann, dass ich keinen BH darunter trage. Gott sei Dank habe ich daran gedacht eine dünne Jacke mitzunehmen, in die ich mich jetzt mitten im Hochsommer beharrlich einwickle. Die Fahrt über fühle ich mich so seltsam. Bin so weit weg von meinen eigenen Atemzügen, wandle wie in Trance bis ich vor seiner Haustür stehe, mein Herz wild pocht angesichts dessen, was jetzt vor mir liegt. Ein Nachbar öffnet mir die Haustür als er geht, ich schlüpfe hinein und stehe nun vor seiner Wohnungstür. Jetzt muss ich nur noch klingeln. Als mir Roman die Tür öffnet kommt alles ganz anders als geplant. Roman nimmt mich nicht sehnsuchtsvoll in seine Arme, sagt mir nicht inbrünstig, dass er mich liebt und er bittet mich auch nicht flehentlich um Verzeihung. Roman ist sauer. Genervt. Ich komme mir vor wie ein ungezogenes Kind, das Unrecht beging. Seine Freundin kommt in einer dreiviertel Stunde, er setzt mir die Pistole auf die Brust, meint ich hätte zehn Minuten, dann muss ich gehen. Ich stehe wie unter Schock. Ich schaffe es jedoch zum Großteil meinen Redewillen zu befriedigen. Versuche mein Ich aus der Vergangenheit zu erklären. Dass ich mir immer gewünscht hatte mit ihm zusammen zu sein, dass ich jedoch zu viel Angst vor zu vielen Dingen hatte. Dass ich immer dachte ich sei nicht genug, als müsse ich erst gesund werden, um glücklich sein zu dürfen. Dass ich so unvorstellbar große Angst davor hatte verletzt zu werden und mich jemanden zu öffnen. Dass ich so große Angst hatte ich selbst zu sein und dafür nicht geliebt zu werden. Dass ich irgendwann so große Angst vor dem Sex mit ihm entwickelte. Dabei fange ich das Weinen an. Rauchend hört sich Roman alles an, dann sieht er mich an, streckt seine Hand nach mir aus und ich weiche zurück.

"Ich werde mir alles durch den Kopf gehen lassen. Aber du musst jetzt gehen."

Ich fühle mich so ausgelaugt und schäbig als ich aus dem Taxi zurück in den Zug steige. Ich war so lange unterwegs und werde wieder drei Stunden brauchen bis ich zuhause bin. Für zehn Minuten. Zehn Minuten, die nicht die Wirkung zeigten, die ich mir erhoffte. Mittlerweile ist mir auch egal, dass ich mein Innerstes vor Roman nach außen kehrte. Was mir jedoch nicht egal ist, ist die Tatsache, dass ich Roman kontinuierlich mein Herz auf einem Silbertablett serviere und knieend vor die Füße lege. Nur damit es ungeachtet liegen gelassen wird. Das tut weh. Nach wie vor. Nur eines konnte ich nicht. Ich brachte kein 'Ich liebe dich' übers Herz. Dabei hatte ich zuhause geübt. Und auch dort viel es mir so schwer, dass statt Worten eher Tränen aus meinem Gesicht flossen. Es tut weh mir vorzustellen, dass Roman in diesem Moment eine andere umarmt. Jetzt müsste sie ankommen. Wird er an mich denken, während er mit ihr spricht? Das ist ein Schmerz, der nicht zu beschreiben ist. Ein Schmerz, der mir alles nimmt. Aber ich bin auch zuversichtlich, dass Roman sich meine Worte durch den Kopf gehen lassen wird. Dass er zu mir zurückkommen wird.

Nach tagelangem Betteln und Flehen werde ich erlöst.

"Mia, du weißt wie viel du mir bedeutest, aber ich kann mich jetzt nicht trennen."

"Warum nicht?"

"Ich kann sie jetzt nicht enttäuschen. Das wäre nicht fair."

"Weil du sie mehr liebst als mich?"

"Das habe ich nicht gesagt."

"Ist es so?"

"Mia. Ich werde dich immer lieben. Aber ich kann jetzt nicht anders."

"Ist das denn fair für mich? Und ist es fair für dein Herz?", ich blute.

Roman verspricht mir zu mir zu kommen. Roman sendet virtuelle Küsse und Liebesschwüre. Roman meldet sich nicht mehr. Roman vertröstet mich auf eine andere Woche. Er will sicherlich mit mir reden, ich sei nur zu ungeduldig. Er würde sich so furchtbar gerne wieder mit mir treffen, aber er könne sich jetzt nicht einfach trennen, das stehe außer Frage. Ich werfe meine Befürchtungen in den Raum, gebe zu, dass ich Angst davor habe ausgenutzt zu haben. Daraufhin ist Roman gekränkt. Wie ich auf so etwas kommen könnte. Er würde mich niemals ausnutzen, dafür sei ich ihm viel zu wichtig. Ich entschuldige mich, schließlich wollte ich ihn nicht verletzen. So ziehen die Wochen und Monate ins Land. Jede Woche, in der wir uns wieder nicht sehen, ist eine Woche mehr, die Roman in seiner Beziehung fester mit seiner Freundin zusammenwächst und jede Woche schwindet meine Hoffnung auf ein gutes Ende für mich. Roman sagt so viel und tut so wenig. Und ich frage mich: Wenn er mit mir reden wollte, würde er dann nicht mit mir reden? Wenn er mich sehen wollte, würde er mich nicht sehen? Wenn er Zeit mit mir verbringen wollte, würde er nicht einfach Zeit mit mir verbringen? Wenn er mit mir zusammen sein wollte, würde er nicht mit mir zusammen sein? Wenn er mich küssen wollte, würde er mich nicht küssen? Wenn er mich berühren wollte, würde er nicht kommen und mich berühren? Wenn er mich lieben wollte, würde er mich nicht einfach lieben? Mir dämmert er will das alles nicht. Er will mich nicht. Roman will vernünftig sein. Roman liebt mich nicht. Mein Kopf hat die Gleichung verstanden. Mein Herz noch lange nicht.

Im Oktober fahre ich wieder zu ihm. Ich will das klären bevor mein Studium in ein paar Tagen beginnt. Davon habe ich immer geträumt. Ich wollte immer studieren. Und jetzt kann ich mich nicht freuen. Ich versprach Roman zwar nicht mehr unangekündigt zu ihm zu fahren, aber anders komme ich nicht an mein Ziel. Und so setze ich mich über seinen Willen hinweg und fahre die drei Stunden zu ihm. Roman ist erneut sauer. Ich erinnere mich an die Tage, an denen er mir freudestrahlend die Tür öffnete. Ich bin aufgelöst und meine Stimme zittrig. Wenigstens lässt er mich hinein. Ich frage ihn, ob es keine Chance mehr für uns gibt. Ob es nichts gibt, das ich tun könnte, damit er sich für mich entscheidet. Ich würde alles tun! Roman ist ganz still. Hört mir zu und schüttelt immer nur leise den Kopf. Ich fange an zu weinen und Roman nimmt mich in den Arm. Er zieht mich fest, so fest, an sich. Ich will den Moment so krampfhaft festhalten, aber jede Sekunde rinnt durch meine Finger und lacht mich aus. Meine Finger krampfen sich in seinen Oberarm und ich präge mir meine Hand auf seiner gebräunten Haut ein. Lange war ich nicht so sehr im Moment. Ich will dieses Bild meiner Augen nicht verlieren. Ich will ihn nicht vergessen. Auch heute noch kann ich mich an seinen Arm so gut erinnern als wäre es gestern gewesen. Ich habe so unglaubliche Angst ihn nie wieder zu sehen.

"Ich liebe dich. Wirklich", bringe ich unter Tränen hervor. Jetzt zieht Roman mein Kinn zu sich heran und küsst mich auf den Mund. Ich erwiedere den Kuss. Roman wandert meinen Körper entlang, drängt mich an die Tür. Ich weiß, was jetzt kommt. Meine Gedanken rasen wie verrückt. Ich will ihm keinen blasen, aber ich kann mich nicht rühren. Meine Gedanken schreien Stop, aber ich kann es nicht nach außen tragen. Ich kann nur funktionieren. Dann stehen wir gegenüber. Ich muss jetzt unbedingt gehen, meint er. Er wisse nicht, ob seine

Freundin heute noch vorbeikommt. Ich fühle mich erstarrt. Wir sehen uns lange in die Augen. Zuerst sehe ich da ein Glitzern der Verliebtheit und Zuneigung. Dann ändert sich seine Mimik. So ein Schauspiel erlebe ich zum ersten Mal. Plötzlich überfällt seine Züge eine Traurigkeit, die mir das gebrochene Herz endgültig entzweit. Diese Traurigkeit spricht Bände. Ich muss nicht danach fragen, ob wir uns jemals wiedersehen werden. Die Wohnungstür hat er bereits geöffnet, als er mich noch einmal an sich zieht. Er umarmt mich zu fest, aber ich will mich nicht wehren.

"Komm noch mal her. Wer weiß, wann wir uns wiedersehen."

Flüsternd sagt er: "Ich liebe dich."

Ich soll gehen. Ich sehe nicht zurück als ich die Treppe hinuntergehe und die Haustür hinter mir ins Schloss fällt. Wir haben uns seitdem nie wieder gesehen.

Ich klammere fester an etwas, das ich nicht halten kann. Ein Jahr später schreiben wir immer noch über die selben Dinge hin und her. Nur der Ton unserer

Kommunikation verschärft sich. Roman ist verletzt und enttäuscht von mir, dass ich nicht seine Affaire werden kann. Unsere Diskussionen füllen meterlange Chatverläufe. In manchen Momenten verachte ich das dumme Mädchen, das sich immer wieder neu zu erniedrigen weiß, die immer tiefer stapelt, die sich mittlerweile nur noch ein einziges Reiskorn wünscht, wo es früher doch einmal ein ganzer Teller voll war. Und in anderen Momenten empfinde ich so viel Mitleid für sie und die Hilflosigkeit. Der Käfig, in dem sie gehetzt hin und her rennt, schnüren mir die Kehle zu.

"Kannst doch heute mal kommen auf finanzieller Basis! Ich bin heute zuhause!"

"Bin ich dir wirklich so scheißegal geworden?"

"Ist mir egal. Kümmere dich um deine Dates! Würdest du nicht meine Konkubine sein wollen die ich auch lieben darf?"

Roman hat mein neues Inserat auf dem Sexportal entdeckt. Unter falschem Namen hat er mich angeschrieben, nur um sich nach einigen Tagen Hin-und-Her-Schreiben zu offenbaren. Um mir mein Verhalten vorzuwerfen, das durch sein Verhalten begünstigt wurde. Lange Zeit war ich 'clean', jetzt hielt ich es nicht mehr aus. Wenn Roman mich verletzt, muss ich mich auch verletzen.

"Als ich für dich aufhören wollte, war ich dir auch egal, also warum regst du dich jetzt so auf?"

"Ich hoffe es melden sich viele auf dein Inserat!!!"

"Kannst du das bitte sein lassen?"

"Warum? Du machst es wieder und immernoch für Geld mit anderen!"

"Geld hast du mir auch geboten."

"Ja, aber mit den anderen treibst du es! Aber mir egal. Prostituier dich ruhig weiterhin!"

"Weißt du Roman, ich denke dein Ego hat grade einen Knacks, weil du nicht alles haben kannst, was du willst. Und ich erinnere dich nur mal an deine Aussage, dass du niemals jemanden betrügen würdest."

"Du kennst mein Ego nicht. Du überspielst doch nur, dass du für andere die Beine breit machst und mir die spielst, die was Ernstes wollte! Mach deine Geschäfte weiter!"

"Da du ja auch nichts Ernstes von mir willst, kann es dir doch auch egal sein. Und manchmal frage ich mich schon, ob du so auch mit mir reden würdest, wenn ich vor dir stehen würde."

"Wahrscheinlich würde ich dir sogar eine runterhauen. Ziemlich heftig sogar."

"Das meinst du doch nicht ernst?"

"Doch. Sehr sogar."

"Weißt du Roman, ich habe mich verändert."

"Lass es einfach sein, Mia. Du kannst behaupten, was du willst, ich werde dir nicht glauben. Du hast mich schon immer nur angelogen."

"Das stimmt doch alles gar nicht. Ich war immer ehrlich zu dir. Habe dir alles von mir erzählt", und das ist die traurige Wahrheit, die Roman mir für immer aberkennt. Warum ich ihm immer alles erzählte, was andere vielleicht im Dunkeln gehalten hätten? Weil die Liebe in meinem Traum sehr hohe Ideale um sich versammelt. Lügen oder auch Beschönigungen gehörten nie dazu.

"Und vor allem, Mia, behaupte nie wieder, dass du mich jemals geliebt hast. Denn das ist einfach nur lächerlich!"

ABSCHIED

Ich schreibe Roman einen Brief zu seinem Geburtstag im Dezember. Vor zwei Jahren bin ich aus seiner Wohnung und seinem Leben getreten, aber er ist immer noch da. Jeden Tag. Ich lege einen Stein in das kleine Paket. Einen grauen Kieselstein in Herzform, den ich damals in England am Strand fand, als ich mit meiner Schwester dort im Urlaub war. Eigentlich wollte ich den Stein Roman damals schon zum Geschenk machen. Aber ich schämte mich so sehr für diesen Stein. Seine Einfachheit. Und dass er von mir kommt. Der Brief liest sich wie folgt:

Lieber Roman,

ja, ich fühle mich schuldig. So sehr. Wenn ich an dich denke und daran wie du mich angesehen hast. Die Liebe und Zuneigung in deinen Augen. Ja, ich habe sie gesehen. Ich wollte es nur nie glauben. Nie darauf vertrauen, dass deine Augen die Wahrheit sprechen. Ich kann mich an deine Hand erinnern, die mir morgens über meine Arme und

mein Gesicht gestrichen hat. Jedes Mal dachte ich mir wie
schön das gerade ist und wie sehr ich dich liebe. Und wie
sehr ich jeden Tag neben dir aufwachen möchte. Ja, auch
das habe ich wahrgenommen und auch da habe ich den
Gedanken nicht zugelassen, dass du solche Zärtlichkeiten
ernst meinen könntest. Dass du mich wirklich liebst.
Einfach so. Einfach so wie ich bin. Mit Krankheit. Mit
Fehlern. Nicht nur war ich der vollen Überzeugung, dass
ich erst mit dir glücklich zusammen sein darf, wenn ich
gesund bin, wenn ich schlank bin, wenn ich schön bin,
wenn ich perfekt bin. Für dich. Ich habe mir sogar ständig
eingeredet, warum ich mich bloß nicht öffnen, hingeben,
fallen lassen, annehmen soll. Ständig habe ich gezweifelt
an dir und deinen Absichten. Nach Dingen Ausschau
gehalten, die meine Überzeugungen bestätigten. Ich habe
mir verboten glücklich zu sein. Oder besser gesagt, ich
hatte so eine schiere Angst davor. Angst vor dem
Glücklichsein? Kann man das verstehen? Erst als ich dich
endgültig verloren hatte, habe ich es gemerkt. Erst als
mein Leben endgültig in Scherben lag, habe ich gesehen,
dass ich gerade das Wertvollste zerstört habe, was ich
besaß. Dass ich mir das genommen habe, was ich mir
immer so gewünscht hatte. Dass ich den Menschen aus

meinem Leben vergrault habe, nach dem ich mich damals, als ich blutend am Boden in meinem Zimmer lag, gesehnt habe. Ich habe dir nie gesagt, wie glücklich ich bin, wenn ich in deiner Nähe bin, wie sehr ich deine Stimme liebe, wie schön ich es finde mit dir zusammen zu lachen. Ich habe dir gesagt, dass ich dich hasse, dass du dich von mir fernhalten sollst, dass du oberflächlich und egoistisch bist. Ich habe dir gesagt, dass ich weiß, dass du mich nicht liebst und dass ich dich nicht brauche. Hast du nicht gesehen, dass das alles nur Lügen sind? Ich habe dich im Endeffekt genauso verletzt wie ich mich selbst verletzt habe. Und noch mehr. Jetzt kann ich es kaum mehr glauben, was ich dir, und ja, auch mir, alles angetan habe. Nie wieder werde ich meine Taten gut machen können. Jetzt muss ich mit dem Wissen leben. Du hast mich sogar gewarnt ich solle nichts überstürzen, was ich später bereuen würde. Ironischerweise wusste ich damals schon, dass ich nie darüber hinwegkommen werde und habe es trotzdem getan. Ich hasse meine Angst. Ich hasse das, was sie mit mir macht. Ich wünschte ich könnte dir erklären, dass ich einfach nur furchtbare Angst hatte verletzt zu werden. Dass die Angst dich zu verlieren, mich so sehr einnahm, dass ich alles dafür tat, um dem entgegen zu *wirken. Jetzt habe ich dich trotzdem verloren. Ohne auf eine gemeinsame Zeit zurückblicken zu können. Ohne jemals mit dir zusammen gewesen zu sein. Ohne jemals bedingungslos von dir angenommen zu sein. Die Schuld legt sich auf mein Herz. Schnürt mir die Brust zu und will mich wohl ersticken. Was habe ich dir gebracht außer Leid und Verderben? Es war niemals meine Absicht. Ich wollte dich so sehr lieben. Sagen wie viel du mir bedeutest. Selbst jetzt kann ich mir nicht vorstellen dich nie mehr wieder zu sehen. Keine Zeit für eine zweite Chance. Es tut so weh. Reue. Wirft mich um. Komplett. Ungeschont. Und die Angst das, was man liebt, zu verlieren wandelt sich in Schuld über das, was man liebt, verloren zu haben. Wie gerne hätte ich mit dir getanzt, die Nacht durchgeredet, ein ganzes Wochenende verbracht, dir mein Lieblingsessen gekocht, mit dir Spaziergänge gemacht, dein Frühstück für mich genossen, dich mit meiner Gesichtsmassage verwöhnt, Lieblingsfilme geschaut, Lieblingsmusik gehört, dich geküsst, dir gesagt, dass ich dich über alles liebe – jeden Tag. Ich hätte in deinen Armen liegen können, sterben können, und wäre der glücklichste Mensch auf der ganzen Welt gewesen. Und es ist meine eigene Schuld, dass ich sterben möchte, weil ich die Schmerzen nicht ertrage.*

Die Chance war da für mich. Jahrelang. Ich weiß noch, als du mir schriebst, dass du dich in mich verliebt hast, und dass ich keine Angst haben muss. Oh wie hat mein Herz geklopft an dem Abend. Ich kann mich daran erinnern, als wäre es erst gestern gewesen. Ich hätte doch einfach nur mit dir reden müssen. Ein einziges offenes Gespräch. Ich weiß noch wie du mir Jahre später das erste Mal von Angesicht zu Angesicht gesagt hast, dass du mich liebst. Als du mich so im Arm hattest. Ich weiß noch als wir uns das letzte Mal gesehen haben. Als du mich kurz vorm Gehen nochmal in deine Arme genommen hast und mir sagtest du liebst mich. Ich hatte meine Hand auf deinem Oberarm und mir den Anblick meiner Hand auf deiner Haut mit meinem vollen Bewusstsein ins Gedächtnis gebrannt. Als wüsste ich das sei meine letzte Chance dich jemals wieder zu berühren. Und dann bin ich gegangen. Und du hast mich nicht aufgehalten. Ich würde alles geben um das Geschehene rückgängig zu machen. Würde alles tun, um mein jetziges Ich in mein damaliges Ich zu pflanzen. Würde alles tun, um dich noch ein einziges Mal zu sehen. Ein einziges Mal in deine schönen, blauen Augen zu sehen.

Mia

EPILOG

Was dient, das bleibt.

Wer liebt mich jetzt?